*À mon cher Skip
qui m'appuie inconditionnellement.*

L'éditeur désire remercier la Direction des arts du Nouveau-Brunswick pour l'aide financière à la publication de ce projet d'édition. Il reconnaît également la contribution financière du gouvernement du Canada par l'entemise du Fonds du livre canadien (FLC) pour ses activités d'édition.

New Nouveau Brunswick   **Canadä**

Texte: Diane Carmel Léger
Illustrations: Réjean Roy
Graphisme: Lisa Lévesque
Correction et révison: Vanessa Thériault
Direction éditoriale: Jacques P. Ouellet
Oeuvre et conception graphique de la couverture: Réjean Roy
Distribution/diffusion: Prologue Inc. –Boisbriand, Québec

ISBN 978-2-349-72369-7

C.P. 3126, succ. rue Principale
Tracadie-Sheila (Nouveau-Brunswick)
E1X 1G5 Canada
Téléphone: 1 506 395-9436
Télécopieur: 1 506 395-9439
Courriel: jouellet@nbnet.nb.ca
Site Web: www.lagrandemaree.ca

Dépôt légal: 2e trimestre 2018, BNC, BNQ, CÉAAC

Les Acmaq

tome 1

Le secret
de la vieille Madouesse

DIANE CARMEL LÉGER

La Grande Marée

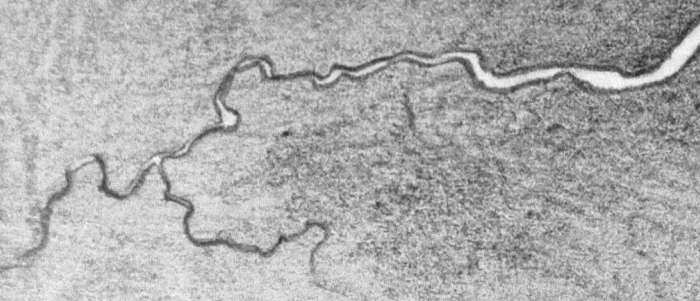

les Acmaq

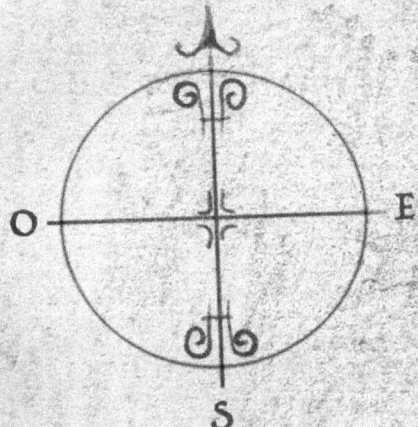

N

O   E

S

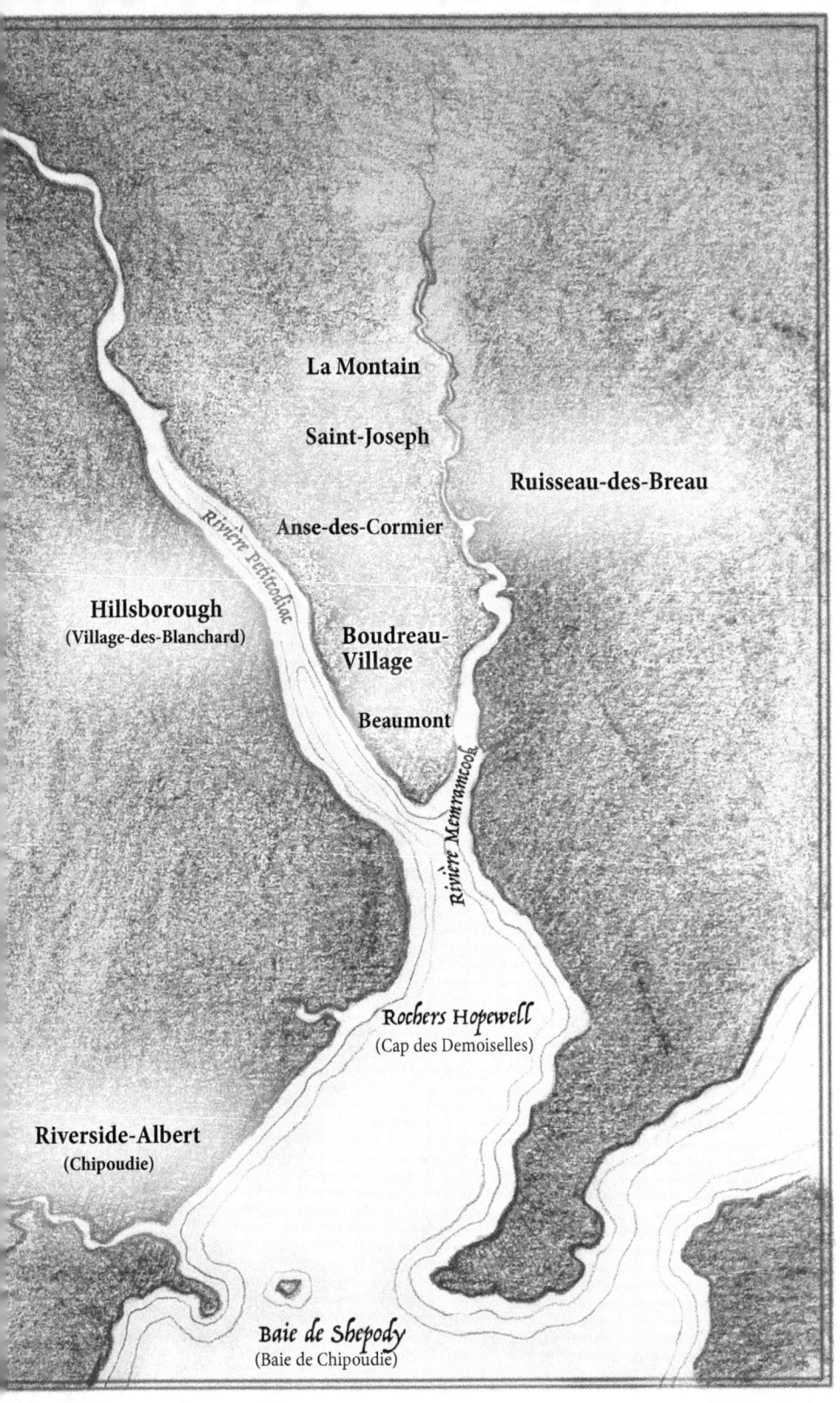

Mot de l'auteure

À l'été 1967, j'ai fait une curieuse découverte dans le marais chez nous à Memramcook (N.-B.). Près d'un excavateur, j'ai aperçu l'entrée à moitié submergée d'un petit tunnel en vieux bois dans la levée en réparation. Il semblait y avoir une porte à l'intérieur du tunnel qui me faisait penser à l'habitation d'un gnome dans le film, *The Gnome-mobile*.* Même si je savais que ce n'était pas vraiment l'entrée d'une demeure de petite personne, je le souhaitais tellement que j'ai osé marcher dans les eaux brunes du grand canal, pour mieux examiner l'entrée.

En mettant les pieds dans l'eau, j'ai calé dans le fond vaseux et gluant jusqu'aux mollets. Apeurée par des histoires de gens restés pris dans la boue jusqu'au cou, j'ai puisé dans mes forces pour me libérer, laissant une de mes sandales roses dans la vase. Les jambes embourbées et seulement un pied chaussé, je suis retournée à la maison sans savoir que je venais de voir un ancien aboiteau.

Les années passèrent et après un séjour de vingt ans dans l'île de Vancouver, je suis retournée à Memram-cook. J'habitais à nouveau une maison à côté d'une levée. J'étais très heureuse d'être à quelques pas d'un sentier dans ce paysage d'aboiteaux qui m'avait tant manqué.

The Gnome-mobile: un film Disney parut en 1967, basé sur le roman *The Gnomobile* (1936) de l'auteur américain Upton Sinclair.

Lors d'une randonnée sur la levée, le souvenir de la découverte d'une «petite porte» au cours de mon enfance est revenu chatouiller mon imaginaire. Du coup, j'ai décidé d'écrire des histoires sur un peuple minuscule que j'aurais voulu rencontrer derrière l'ancien clapet d'aboiteau. J'ai voulu que ces récits soient aussi un moyen fantastique de faire connaître la grande Histoire des Acadiens par le biais de ces petits êtres qui vivent dans les aboiteaux, le symbole par excellence de l'Acadie !

Au fil des ans, j'ai exploré les marais de la Nouvelle-Écosse et du Nouveau-Brunswick, pris des notes, photographié des aboiteaux et des levées, rêvassé à mon petit monde des prés, fait de la recherche et écrit les manuscrits des deux premiers tomes de cette série. C'est enfin le bon moment de partager *Le secret de la vieille Madouesse* !

Diane Carmel Léger

Remerciements

Je tiens à remercier le Conseil des arts du Canada et le Conseil des arts du Nouveau-Brunswick pour leur aide financière très appréciée. Je remercie aussi mon frère Paul-David Léger, le premier lecteur du manuscrit et le généalogiste Stephen A. White, pour ses renseignements tirés de ses reconstitutions biographiques. Je suis reconnaissante envers l'historien Ronnie-Gilles LeBlanc, le professeur émérite Samuel P. Arseneault et le Musée de la Nouvelle-Écosse pour la permission de reproduire leurs oeuvres. Merci à mes bonnes amies Annette White et Sylvie Ross pour leur appui et encouragement. Comme dans mes livres antérieurs, je suis reconnaissante envers mes formidables collaborateurs, l'illustrateur Réjean Roy et la graphiste Lisa Lévesque. Puis mille mercis à mon éditeur Jacques P. Ouellet d'avoir accepté ma série *Les Acmaq*.

Chapitre 1

Benoit Bedou

C'est le moment que Benoît déteste à mort! Il ne reste que deux garçons à choisir pour compléter les équipes de ballon-panier de la sixième année. Comme toujours, depuis le début de l'année scolaire, le plus petit et le plus gros sont les derniers choisis. Puis, comme toujours, on prend d'abord le petit et Benoît, le gros restant, devient membre de l'autre équipe par défaut.

—Avec Benoît *Bedou**, on va perdre pour sûr! se plaint un coéquipier.

Pourtant, Benoît n'était pas pire au ballon-panier et il n'était jamais le dernier choisi au Québec. Depuis son arrivée au Nouveau-Brunswick, il a pris du poids parce qu'il ne fait pas assez d'exercices, selon le professeur d'éducation physique, et parce qu'il mange trop de malbouffe, d'après sa mère. Cependant, Benoît pense qu'il y a aussi une autre raison pour laquelle on ne le choisit jamais. Ce n'est pas juste

---

* Les mots en *italiques* sont définis brièvement dans le glossaire à la page 205.

à cause de sa grosseur, mais bien parce qu'il est le nouvel élève. Ici, il sera toujours «Benoît Bedou» ou «Benoît le Québécois» et la cible de railleries, même si ses parents sont Acadiens… La partie de ballon-panier se déroule assez bien, mais Benoît ne brille pas, car il court moins vite que dans le passé et il s'essouffle en peu de temps.

Dans le cours de français, l'enseignante Mme Bourgeois demande à Benoît de lire à haute voix sa rédaction sur sa province natale. Benoît sait bien que son accent et ses descriptions des attraits du Québec provoqueront le dédain de certains. Au milieu de la récitation de Benoît, on frappe à la porte. En allant répondre, Mme Bourgeois suggère une pause à Benoît et elle sort de la classe. Muet comme une statue, Benoît fixe sa feuille. Du coin de l'œil, il voit Dan, le brute de la classe, sourire avec mépris.

—Hé, le Québécois, lance Dan, en imitant un accent québécois, s'il fait si beau que ça au Québec, qu'est-ce tu fais ici?

Quelques élèves ricanent, mais ils se taisent quand Mme Bourgeois rouvre la porte.

Dans l'autobus en fin de journée, Benoît s'assoit près du chauffeur pour éviter les insultes de Dan et son acolyte Éric, assis sur la banquette arrière. En descendant à son arrêt, Benoît entend crier par une vitre baissée : «Bye, bye Benoît le Québécois bedou!»

Enfin chez lui, sa mère Monique l'attend avec sa petite sœur Emma. Monique doit partir pour une entrevue en ville. Il y a longtemps depuis que Benoît a vu sa mère en tailleur, ses cheveux bien coiffés, prête à affronter le monde du travail. Il préfèrerait qu'elle reste à la maison en jeans et t-shirt, parce qu'il n'aime plus garder Emma. Depuis leur emménagement dans le grand village de Memramcook, la petite est devenue de plus en plus exaspérante. Il n'est pas question de se plaindre à leur mère parce qu'elle est vite à s'irriter. Heureusement, son père Serge ne change pas, lui.

Avant de partir pour son entrevue, Monique répète ses consignes habituelles :

—N'ouvrez pas la porte à qui que ce soit. Répondez au téléphone seulement si c'est moi ou Papa. Sinon, laissez le répondeur prendre le message.

Benoît souhaite qu'elle ne trouve pas d'emploi et qu'elle reste à la maison garder Emma.

—Viens jouer avec mes « Barbies ! »

—Non, Emma. Tu sais que j'aime pas ça, répond-il.

—Benoooît !

Benoît continue à gober des croustilles en évitant de regarder Emma.

—Benoooît ! Je dirai à Maman que tu as tout mangé les « chips. »

—Dis-lui, ça me dérange pas.

—Si tu joues pas avec moi, je dirai à tout le monde que tu aimes les Barbies !

—Je hais ces poupées ! Je les hais à mort ! rugit-il fortement, surpris de lui-même.

Emma recule d'effroi. Jamais son frère ne lui a crié ou dit des méchancetés. Il a beaucoup changé depuis qu'ils ont déménagé.

En voyant sa petite sœur apeurée, Benoît regrette ses paroles et surtout sa colère.

—Voyons Emma, dit-il tendrement, je jouais aux Barbies avec toi quand tu étais petite... Fais-moi pas jouer aux poupées maintenant, à mon âge !

Emma se décontracte.

—T'es une grande fille de cinq ans, poursuit Benoît, tu peux jouer à autre chose ou regarder la télé ou jouer sur l'ordi...!

Emma fronce les sourcils, lève le menton, et fait toute une moue. « Avec cette grimace, elle ressemble à un vrai bouledogue », se dit Benoît en retenant un rire.

Le téléphone sonne. Ils écoutent le message. Au son de la voix de leur père, Benoît répond.

—Allô, Papa, Maman est allée à son entrevue.

—T'arranges-tu bien avec ta petite sœur, Benoît ?

—Oui...

Benoît ne veut pas se plaindre, car ses parents ne s'entendent pas dernièrement et son père est débordé au travail. Lorsque sa mère se plaint d'un manque d'argent, son père réplique qu'elle dépense trop sur des choses dont ils n'ont pas besoin, comme des Barbies pour Emma. Puis Monique reproche à Serge d'avoir acheté un véhicule tout-terrain (VTT) dont il ne se sert jamais.

—Dis à ta mère que je dois rester à Halifax encore un autre jour.

—Comme ça nous n'irons pas en VTT demain, dit Benoît, découragé.

—Désolé Benoît, je ne peux pas refuser ce travail supplémentaire. Je te promets que nous irons en VTT aussitôt que possible. Dis à ta mère que je lui téléphonerai ce soir. Laisse-moi parler à Emma. Bye mon grand !

Benoît se retient de souligner que c'est la troisième fois que son père annule une sortie en VTT. Pendant que sa petite sœur est au téléphone, Benoît profite de quelques moments de répit. Il vide le sac de croustilles au-dessus de sa bouche ouverte pour avaler les dernières miettes. Il prend une canette de Pepsi du réfrigérateur et il se rend au garage.

Comme son père, il aime bien leur garage et leur grande cour, deux choses qu'ils n'avaient pas en ville au Québec. Leur maison est vieillotte, mais elle est plus grande que leur ancienne maison, ce qui plaît à sa mère. Fixant des yeux le VTT flambant neuf, il ouvre la canette et savoure son Pepsi. Il aperçoit quelques taches de boue sur la peinture rouge du VTT. Benoît place sa canette sur une étagère, happe une guenille qu'il mouille et il se met à frotter le véhicule pour enlever la boue asséchée, tout en se rappelant sa première et seule sortie en VTT avec son père...

Assis derrière son père sur le siège du véhicule, Benoît inspirait à pleins poumons l'arôme de la haute herbe des marais et le baume des arbres des sentiers forestiers.

Ces beaux paysages parfumés, la brise, le ronronnement du moteur et le réconfort de son père tout près de lui effacèrent toutes ses peines. Ce jour-là, ils avaient ri aux éclats. Benoît avait constaté à quel point son père préfère vivre en campagne. Il avait aussi compris que se promener en VTT dans ces beaux paysages éliminait le stress.

Sur une colline en pleine forêt, ils avaient fait la pause pour manger leurs sandwichs et admirer la vue panoramique de la vallée. Par hasard, deux VTT s'étaient arrêtés tout près. Son père avait reconnu ses anciens camarades. Quelles retrouvailles! Il s'était plu à écouter les drôles histoires d'enfance de son père! Les gens se plaisaient à taquiner Serge, qui lui, aimait les faire rire.

Puis, sur le chemin du retour, son père lui avait cédé le guidon. Benoît en était ravi et fier de son habileté à conduire le VTT. «À onze ans, tu as déjà le tour, mon grand!» lui avait dit Serge sincèrement.

Sur le sentier du marais, ils avaient rencontré d'autres gens en VTT qui les dépassaient en souriant, avec un hochement de tête ou un signe de la main. Même quelques jeunes de son école lui firent des sourires et le saluèrent de la main comme s'ils étaient contents de le voir. Surpris, Benoît s'était mis à sourire aux passants et à les saluer lui aussi.

Dans le garage, son père l'avait serré et lui avait dit: «Tu vois comme c'est bon de vivre ici? De notre cour, nous pouvons décoller en VTT, respirer de l'air frais et oublier nos ennuis dans l'espace de quelques minutes. Nous aurons une bonne vie saine ici, Benoît. Tu verras.»

Mon père a beau faire les éloges de la vie en campagne,

mais son emploi l'oblige à voyager dans les villes et il a moins de temps pour moi.

De l'extérieur du garage, Emma crie.

—Benoooît! Maman veut te parler au téléphone!

Ah non, la petite tannante a appelé Maman!

Benoît traîne les pieds jusqu'à la maison et parle à sa mère.

—Mais j'ai onze ans Maman... O.K., O.K., je jouerai aux Barbies!

Tête baissée, il dit au revoir.

Avec un sourire triomphant, Emma lui tend Ken, le fiancé de Barbie.

—Habille-le pour le mariage, commande sa petite soeur.

—Pas un autre mariage, murmure Benoît écœuré, happant Ken par la tête.

Chapitre 2

L'accident

Enfin, Monique rentre, affichant un grand sourire et délivrant Benoît de l'interminable cérémonie de mariage entre Ken en complet noir et nœud papillon, puis Barbie voilée en robe blanche bouffante.

—J'ai eu l'emploi! carillonne-t-elle. Je commence la semaine prochaine. Et quelle grande chance que la garderie de l'école a de la place pour deux jeunes! On m'a dit que c'est rare que cela arrive en mai...

—Youpi! crie Emma. Je pourrai jouer avec Claire à la garderie.

—Mais Maman, je suis trop vieux pour la garderie! proteste Benoît, sous le choc.

—Il n'y a pas de choix.

—Mais aujourd'hui, tu m'as laissé seul avec Emma pour plus de deux heures!

—Oui, mais je ne suis pas à l'aise de te laisser seul avec elle tous les jours de la semaine. Voyons

Benoît, tu n'es pas assez mature.

Profondément offensé par cette tournure et cette remarque, Benoît quitte la maison en claquant la porte.

Étonnée de la réaction de son fils toujours si calme et accommodant, Monique regarde par la fenêtre et le voit entrer dans le garage. Elle se dit que bon, il pourra se remettre de ses émotions.

Adossé contre le mur du garage, Benoît fulmine :

Là, on va me traiter de «Benoît le gros bébé!» et ça s'ajoutera à la liste des insultes à l'école. Je me demande à quel âge on peut rester seul à la maison. Sûrement que mon père acceptera pas que j'aille à la garderie de bébés. Si Papa était ici, nous pourrions partir en VTT loin d'Emma et de Maman. Et s'il voyait que je suis assez mature pour conduire un VTT comme un homme, il pourrait convaincre Maman qu'un garçon de presque douze ans est bien capable de rester seul à la maison quelques heures par jour...

Par la fenêtre du garage, il voit le grand marais printanier avec l'herbe d'un vert brillant et ses flaques d'eau bleu clair. Mais ce sont surtout les mares brunes du sentier qui l'attirent. Comme il aimerait faire voler la boue en VTT !

Par contre, Maman gagne souvent les discussions dernièrement avec l'argument que Papa est rarement à la maison.

Benoît serre les dents et fixe le VTT un long moment. Puis, il ouvre la grande porte du garage, enfonce un casque sur sa tête, monte sur le VTT et démarre !

Il traverse la cour arrière et file vers le sentier du marais. Cette fuite impulsive et osée l'excite. Benoît croit entendre sa mère et sa sœur crier après lui. Le vrombissement du VTT étouffe leurs cris. Benoît sourit et il fonce sur les mares en faisant voler la boue partout.

Au bout de quelques minutes, Benoît s'arrête pour regarder sa maison au loin. Il aperçoit les silhouettes de sa mère et de sa sœur, petites comme des fourmis dans la cour arrière. Sa mère agite les bras lui faisant signe de revenir, tandis que sa soeur sautille à ses côtés. Il rit bêtement et continue sa promenade.

Au fur et à mesure qu'il avance vers la digue, Benoît se sent de mieux en mieux. Peut-être qu'on ne se moquera plus de lui si des élèves de sa classe le voient conduire un VTT comme un adulte.

Sur la digue qui longe la rivière, une nappe de brume épaisse surgit de nulle part. Ne voyant qu'à deux mètres devant lui, Benoît ralentit.

En avançant à vitesse de tortue, il se calme. Et voilà qu'il réfléchit à la détresse que son geste impulsif cause à sa mère. Aussi, il se rend compte que son père ne sera plus fier de lui, qu'il sera même en colère contre lui. À ce moment-là, Benoît réalise enfin qu'il vient de ruiner ses chances d'aller en VTT avec son père pour un bon bout de temps. Démoralisé, il éteint le moteur.

Dans l'enceinte du brouillard, loin des oreilles des villageois, Benoît hurle pour enfin exprimer toutes ses frustrations refoulées depuis son arrivée au Nouveau–Brunswick. Vidé de ses émotions, il repense à la peine qu'il cause à sa mère. Il réalise qu'il lui faut rentrer chez lui au plus vite. Pour virer son VTT de bord sur le sentier étroit de la digue, il lui faut quelques essais, en avançant et en reculant. Sur le chemin du retour, la brume s'éclaircit.

Tout à coup, une bête étrange traverse le sentier droit devant le VTT. Pour éviter de la heurter, Benoît bifurque vers la gauche. Le VTT glisse sur le bord de la levée, renverse et roule de façon spectaculaire. Benoît est projeté en bas de la digue. La machine s'écrase lourdement dans le canal à côté de Benoît qui, en perdant connaissance, croit entendre le cri aigu d'un petit animal.

Chapitre 3

L'hôpital

—À part la tête, as-tu mal ailleurs? demande le médecin à la salle d'urgence de l'hôpital.

—Non. Mon gras m'a protégé, réplique Benoît pour alléger la situation.

Sa mère et le médecin ne sourient pas.

—Jeune homme, ton surpoids va nuire à ta santé, c'est sûr et il faut que tu changes tes habitudes alimentaires. Puis, l'exercice physique te ferait plus de bien que d'être assis sur un VTT, poursuit le médecin. Mais il y a plus grave que ça tout de suite...

—Je vais le remettre au régime, Docteur, assure sa mère.

Benoît évite les regards sérieux des adultes.

—Tu es chanceux. Cet accident aurait pu te paralyser ou même te tuer. Si tu ne me crois pas, regarde! poursuit le médecin, désignant le casque protecteur cabossé.

Benoît endure les reproches de ce médecin qu'il trouve hautain.

Voyant rougir Benoît, le médecin s'adresse à Monique.

—Madame, votre fils n'a pas l'âge de conduire ce véhicule seul. Je laisse à vous et à votre époux le soin de lui expliquer le danger de ce qu'il a fait.

—C'est la première fois qu'il fait ça. On ne lui a pas donné la permission de prendre le VTT. C'est sûr qu'on lui parlera des conséquences de son acte. Êtes-vous certain qu'il va bien ?

—Je pense que oui, mais vous feriez mieux de le surveiller de près pendant vingt-quatre heures.

Dans la voiture, la mère de Benoît le sermonne à son tour.

—Par chance que Nicole ait vu ton accident de chez elle. Et Dieu merci, t'as seulement une bosse. T'aurais pu te tuer ! Qu'est-ce que t'avais dans l'idée de prendre le VTT à ton père et de me faire une pareille peur ?

Benoît reste muet.

Le cellulaire de Monique vibre. Elle répond.

—Oui, Serge, il est correct. Une chance qu'il portait un casque. Le docteur m'a dit de le surveiller de près parce qu'il a cogné sa tête assez fort pour perdre connaissance. Non, le VTT est encore là. Le mari de Nicole t'aidera à le sortir du canal demain. Veux-tu parler à Benoît ?

Réticent, Benoît prend le téléphone.

—Papa, je payerai pour les réparations au VTT avec l'argent de ma fête de douze ans.

—Benoît, ce n'est pas les réparations qui me troublent. T'as failli te tuer et tu nous as désobéi. Je t'ai pourtant dit que c'est contre la loi pour un garçon de onze ans de conduire un VTT tout seul. Je t'ai toujours fait confiance, Benoît. Qu'est-ce qui t'as pris de faire ce geste de fou ?

Blessé par ce dernier commentaire, Benoît répond :

—Pardon Papa. J'étais enragé parce que je dois aller à la garderie lundi. Je ne suis pas un bébé !

—On s'en reparlera ce soir. J'ai trouvé quelqu'un pour me remplacer demain.

Malgré sa peine de décevoir son père et les conséquences possibles de son « geste de fou », Benoît est soulagé que son père rentre plus tôt que prévu.

Chez lui, Benoît va pour se réfugier dans sa chambre, mais Monique l'oblige à rester dans le salon.

—Le médecin m'a dit de te surveiller. Compte mes doigts, Benoît, lui dit sa mère en lui montrant trois doigts.

—Trois. Je suis bien, Maman.

Emma et son amie Claire arrivent en compagnie de Nicole, la mère de Claire. Les deux fillettes accourent auprès de Benoît, allongé sur le divan.

—Un animal t'a attaqué ? demande Emma, les yeux écarquillés.

—Non, il a couru devant le VTT. J'ai voulu l'éviter,

mais j'ai tourné de bord trop vite. Ça m'a lancé et le VTT a chuté en bas de la digue et roulé dans le fossé.

—Mon frère a vu le VTT à l'envers près de la levée, dit Claire, impressionnée.

—Ah non, se lamente Benoît, songeant que Nicolas va en parler à ses copains de classe.

Pour cacher son désarroi, il se retourne vers le dos du divan et se morfond.

Ici, les jeunes vont en VTT depuis qu'ils sont en couches. Je n'entendrai jamais la fin de cet accident stupide!

—Laisse-le tranquille, Emma, chuchote sa mère, amène Claire dans ta chambre pour jouer aux Barbies.

Les fillettes montent à l'étage et les mères prennent un café dans la cuisine.

Benoît soupire.

D'autres auraient glissé dans le fossé aussi, pour éviter un animal qui court devant les roues de leur VTT. Et surtout un animal qui ressemble à un petit homme encapuchonné... Mais ce détail, je ne le dis pas. Je ne veux pas qu'on me prenne pour un cinglé, on me traite déjà en bébé!

En s'endormant, il essaye de se souvenir de l'animal.

Ça pouvait pas être un petit bonhomme gris... Il est passé si vite, que j'ai pas vu comme il faut. Puis le brouillard aurait pu déformer son apparence. Se peut-il qu'au Nouveau-Brunswick il existe un animal qui ressemble à un petit bonhomme? La bête était trop maigre pour être un lièvre. Peut-être un lièvre amaigri par la maladie ou la faim? Un rat peut-être?

***

—Benoît. Réveille-toi, mon grand.

—Papa ! Où sont les autres ?

—Parties à la ville. As-tu encore mal à la tête ?

—Un peu, mais ça va mieux. Je peux t'aider à sortir le VTT du canal, Papa.

—Damien, le mari de Nicole, va m'aider demain matin.

Ah non ! Un autre qui va connaître les détails de mon accident stupide… Comment envisager le père de Nicolas ? Peut-être que Nicolas y sera aussi. Ah non, non !

—Tu dois avoir faim, Benoît. J'ai acheté une pizza pour notre souper. Je vais la réchauffer. Ça nous fera du bien de la manger dehors, au soleil.

Assis à la table de pique-nique, Benoît n'a pas le goût de manger son mets préféré. Malgré la présence réconfortante de son père, penser à la peine qu'il a causée à ses parents lui coupe la faim.

—Mange. Après on parlera de ton geste.

Benoît va pour ajouter « geste de fou », mais les mots bloquent dans sa gorge. Ils mangent en silence, chacun réfléchissant attentivement à ses paroles pour éviter de blesser l'autre.

—Benoît, tu sais bien que décoller en VTT ce n'est pas une manière de régler un problème. Tu es un bon fils, dit-il affectueusement. Ce n'est pas comme toi d'agir de la sorte. Faut trouver une autre façon d'arranger les choses.

Papa est pas revenu d'Halifax seulement pour me punir. Il est surtout revenu pour m'aider.

Les larmes lui viennent aux yeux, mais il s'empêche de pleurer ouvertement.

—Qu'est-ce qu'il y a, mon grand ?

—Je ne suis pas grand, Papa. Je suis gros, dit Benoît tout penaud.

—T'as pris un peu de poids cette année… Mais je dirais que tu es plutôt costaud, dit-il tendrement.

—Non, Papa, je suis plutôt gras. On se moque de mon poids et de mon accent. Maintenant on va se moquer de mon accident stupide. Puis les moqueries seront encore pires quand on me verra à la garderie de bébés. « Benoît Bedou, le bébé québécois ! »

Benoît éclate en sanglots.

Son père, qui n'a pas vu son fils pleurer depuis qu'il est bambin, serre Benoît contre lui.

Chapitre 4

La vieille Madouesse

– Où est Papa ? demande Benoît en se levant le matin.

– Il est déjà parti sortir le VTT du canal avec Damien, répond sa mère.

– Je payerai les réparations, Maman.

– T'en discuteras avec ton père. As-tu encore mal à la tête ?

– Non.

Elle lève la main pour montrer ses doigts.

– Combien ?

– Deux doigts. Je suis bien, Maman.

– Le danger doit être passé. Benoît, tu m'as fait une grande peur.

– Pardon, Maman, c'est pas ça que je voulais faire, murmure-t-il. J'étais frustré parce que je ne veux pas aller à la garderie.

−Jamais que j'aurais cru que tu oserais prendre le VTT! Ton geste immature m'a convaincu que tu n'es pas assez responsable pour rester seul à la maison.

Blessé par l'acharnement de sa mère, Benoît retient ses larmes et s'affaire à fouiller les armoires pour ses céréales préférées. Son père pourrait-il amener sa mère à changer d'idée?

−Ne cherche pas tes céréales «super-sucrées», Benoît. Je les ai jetées à la poubelle. J'ai acheté des céréales réduites en calories et du lait écrémé pour toi.

−Mais Maman, ça va goûter le carton et l'eau!

−Souviens-toi de ce que le médecin t'a dit. C'est pour ton bien, Benoît. Je vais chercher les filles chez Nicole. N'oublie pas de ranger la vaisselle.

Ce n'est pas la première fois que sa mère essaye de le faire maigrir. Benoît remplit son bol de céréales et de lait qu'il imagine sans goût et il plante sa cuillère au centre. Machinalement, il mange en cherchant à se remonter le moral. La seule chose positive qui lui vient à l'esprit, c'est que son père lui évite l'humiliation de récupérer le véhicule devant tous les gens qui se promènent en VTT le samedi.

Il est en train de vider le lave-vaisselle lorsque son père rentre.

−Fais-toi pas de souci pour les réparations, Benoît. Le VTT fonctionne bien. Il y a seulement quelques égratignures et des petites bosselures. Je vais le laisser comme ça.

−Mais je veux payer pour le remettre à neuf.

–Oublie ça, Benoît. Décris-moi l'animal gris qui a couru devant le VTT.

–À peu près 30 cm en hauteur… Euh, je veux dire en longueur, et 5 cm en largeur, se corrige Benoît, cherchant à cacher le fait que la « bête » courait sur deux pattes.

–Mince, un pied en longueur… C'était probablement une belette, mais j'en ai jamais vu de grises. Avait-elle un long museau ? demande Serge.

–Je n'ai pas remarqué, l'animal courait trop vite.

Benoît n'aime pas du tout mentir à son père. « Si je lui dis que son capuchon gris cachait le museau de l'animal, mon père perdra confiance en moi pour toujours, » se dit-il.

–Ah, bien, peu importe. Je n'ai pas vu de sang ni de traces de bête blessée. *Astheure* pour résoudre ton problème de garderie, faut que je t'emmène faire un petit tour dans la vallée.

Benoît lui sourit.

–Non, Benoît. Pas en VTT comme tu t'imagines, mais en voiture. Tu n'as pas le droit d'aller en VTT ni le droit de jouer tes jeux vidéo pendant un mois.

–Tout un mois ?

–Oui, dit Serge fermement.

–Où allons-nous ?

–Chez ma tante Madeleine. Ça fait une semaine qu'elle est de retour de Fredericton. Comme tu sais, sa pauvre amie Corinne s'est cassé la hanche pendant leur grand voyage à travers le Canada et les États-Unis, alors ma tante a eu la bonté de rester chez Corinne jusqu'à son rétablissement.

– Ç'a pris longtemps…

– Oui. Ça prend plus de temps à guérir et à se remettre quand on est vieux. Je lui ai parlé de ton dilemme. Ma tante pense avoir trouvé un endroit où tu peux rester après la classe, mais elle veut d'abord te voir.

Encouragé, Benoît souhaite qu'il puisse rester chez des jeunes de son âge.

– Pourquoi Pépère appelait-il ta tante Madeleine, « *Madouesse* ? »

– Il aimait taquiner sa grande sœur Madeleine. Madouesse est le nom malécite et mi'kmaq pour porc-épic. Quelqu'un lui aurait donné ce surnom d'animal à piquants parce qu'elle était vite à se hérisser et à se mettre en colère. Mais mon père le prononçait avec affection. Ma tante est parfois *picasse*, mais elle est une très bonne personne.

– Picasse ?

– Un vieux mot de par ici. Ça veut dire une personne déplaisante qui s'enrage facilement. Malgré sa mine sévère et son tempérament, ses élèves ont toujours eu un grand respect pour ma tante Madeleine. Elle était une enseignante ferme et juste qui avait le tour d'intéresser aux matières scolaires même les élèves les plus difficiles et les plus effrontés. Elle m'a enseigné en sixième année. Tu peux être sûr que j'étais très sage cette année-là.

Benoît sourit en imaginant la gêne que son père a dû ressentir dans la classe de sa tante picasse.

–Tes copains de classe ont dû te taquiner.

–Un peu, mais pas lorsque nous étions en sixième. Ils n'osaient pas taquiner le neveu de leur maîtresse stricte que certains appelaient la vieille Madouesse, dans son dos. C'est pourquoi je gage que les petits effrontés ne t'achaleront plus si tu vas rester chez ma tante Madeleine.

–Elle va proposer que je reste seul avec elle après la classe ?

–C'est notre seule option à part la garderie, Benoît. Mais tu dois répondre à ses questions avant qu'elle accepte de te recevoir chez elle.

Benoît se retient de commenter et il rumine sur ses piètres choix.

Alors, soit que je reste avec les petits de la garderie ou avec une grand-tante ancienne enseignante. J'aurai pas d'amis de mon âge. Papa sera mon seul ami.

***

–Entrez, entrez. Comme je suis contente d'avoir enfin de la famille dans les parages, déclare la tante d'une voix étonnamment forte pour une vieille femme.

Benoît se demande si rester dans cette maison va être mieux qu'à la garderie. Sa grand-tante lui paraît toujours sévère. Autour de lui, il ne voit pas d'ordinateur. Le seul écran visible est celui d'un vieux téléviseur. Il ne voit que des antiquités – un véritable musée !

Lorsque son père donne un bisou à sa tante, les joues de la vieille rosissent. Puis elle se libère immédiatement des bras de Serge. Elle examine Benoît de la tête aux pieds.

– Mon doux, Benoît, tu as bien grandi depuis qu'on s'est vu en septembre !

Benoît rougit. *Elle veut dire grossi.*

– Un grand gars comme toi n'a pas de place à la garderie ! À ton âge, ton grand-père travaillait à la ferme. Avant et après la classe ! Serais-tu prêt à faire des tâches pour moi en échange de rester ici ?

Benoît a envie de rétorquer, « Non. Je ne veux pas rester avec une vieille enseignante sévère », mais il répond poliment.

– Oui, ma tante.

– C'est ma seule question. Alors Benoît, t'es bienvenu chez moi.

– Ma tante, je veux vous payer pour ce service, offre Serge.

– Garde ton argent ! Il n'en est pas question. Benoît est mon seul petit-neveu, insiste Madeleine.

– Vous êtes certaine, ma tante ? C'est une responsabilité pour vous qui méritez une belle retraite. Vous pouvez prendre la vie à l'aise et repartir en voyage quand vous voulez...

–Je ne serai pas à l'aise aussi longtemps que quelqu'un a besoin de mon aide. Surtout les membres de ma propre famille! Ne crains pas, il va travailler en échange de son temps ici. C'est réglé. Là, je dois aller à un rendez-vous.

–Merci beaucoup, ma tante, dit Serge qui se prépare à lui faire une autre bise.

Elle l'évite en se tournant gauchement vers Benoît.

–À lundi, Benoît. Ça devrait seulement te prendre quinze minutes pour marcher de l'école. Si tu ne rentres pas à temps, j'irai à ta rencontre, dit-elle sobrement.

Benoît angoisse.

Ah non! Si on m'achale en route pour aller chez ma grand-tante, ça se peut que je sois en retard. Puis, si cette vieille vient à ma rencontre pour me chicaner devant les autres... Ça sera une honte de plus!

En voiture vers la maison, Benoît est silencieux.

–Benoît, ma tante Madeleine peut être brusque, mais elle a un très bon cœur. Si tu la respectes, elle te respectera.

À la maison, Benoît remercie son père tout bas et monte à sa chambre, où il se laisse choir sur son lit.

Pas d'ordi, ni de télé, ni de VTT pour tout un mois! Et je vais passer mon temps avec une vieille femme stricte. Je vais m'ennuyer à mort! À mort!

Chapitre 5

Le secret

—Nerveux, Benoît attend l'autobus avec sa petite sœur.

—Promets-moi de ne pas parler de mon accident à l'école.

—Seulement si tu joues aux Barbies avec moi ce soir.

—Emma, veux-tu vraiment que tout le monde se moque de moi?

Elle réfléchit un moment et secoue la tête que non, puis elle fait la moue. «Encore sa face de bouledogue», pense-t-il, retenant une envie de rire.

Dans l'autobus, Benoît raidit en voyant Dan et Éric qui le regardent et chuchotent entre eux. Quelle méchanceté ont-ils en tête pour lui aujourd'hui? Benoît prend une grande inspiration et se dit qu'au moins il ne subira pas leurs insultes après la classe, puis il expire.

Assis sur sa banquette, Benoît essaye de se calmer.

*Comment faire pour endurer ces maudits tannants-là ?
Leur trouver un surnom insultant ? Euh… Un nom avec
un 'D' pour 'Dan' et un 'É' pour 'Éric'… Ça donne 'DÉ'.
Dé… dé… -traqué, les Détraqués ! Parfait !*

En entrant en classe, Mme Bourgeois annonce que
Dan et Éric passeront les récréations en punition
pendant une semaine pour des dégâts qu'ils ont
faits le vendredi. Benoît en est ravi.

La journée est agréable sans les harcèlements des
Détraqués. Mais à la sortie des classes, Dan et Éric se
remettent de plus belle à leur harcèlement.

–Hé Éric! As-tu su la nouvelle? Benoît Bedou a écrasé
le quatre-roues à son père. Ouais, le Bedou *pis* la
machine ont revolé en l'air pis roulé en bas de la
levée pis dans le canal parce qu'il a eu peur de la
brume, le «grou» bébé! crie Dan, se faisant entendre
par d'autres élèves qui attendent l'autobus.

–J'croyais qu'y avait eu peur d'une souris, renchérit
Éric.

–Y'a ça aussi. Bébé Benoît! lance Dan.

Benoît décide enfin de se défendre.

–L'animal était plus grand qu'une souris. C'était
une belette.

–Quoi? Une belette! L'accident est la faute d'une
belette! s'esclaffe Dan.

–C'est lui la belette! s'écrie Éric.

–Benoît la belette! hurle Dan.

Quelques élèves pouffent de rire. Ils répètent le mot
«belette» avec les yeux écarquillés et de grands

sourires, comme si c'était un mot hilarant. Benoît n'en peut plus. Il quitte la cour en grande hâte pour s'éloigner des autres. En route, Benoît dépasse tous les autres piétons pour se rendre chez sa grand-tante avant qu'elle ne vienne à sa rencontre.

Dans une des deux berceuses sur sa galerie, la vieille Madouesse attend. Entre les deux chaises, il y a une petite table garnie de pommes et de muffins au son.

– Viens prendre un petit goûter, Benoît.

Il n'aime pas les muffins, donc il choisit une pomme.

– J'ai fait ces muffins pour toi et ils sont chauds. Manges-en un aussi.

Mal à l'aise, Benoît prend une petite bouchée de muffin et bien malgré lui, le trouve délicieux.

– C'est bon, dit Benoît.

– Merci.

Il dévore le reste du muffin sous le regard amusé de sa grand-tante.

– Faut que je continue mon grand ménage du printemps. Fais tes devoirs à la table de la cuisine. Après, rejoins-moi à la cave.

Habitué à faire ses devoirs le soir, Benoît n'est pas content.

Je vais m'ennuyer à mourir chez cette vieille institutrice, mais c'est tout de même mieux que de me faire achaler dans l'autobus ou à la garderie.

Ses devoirs terminés, il se dit que peu importe la tâche qu'elle lui imposera, ça sera mieux que de jouer aux Barbies avec Emma. Benoît ouvre une porte grinçante et descend l'escalier étroit vers la vieille cave.

Ces murs de pierre, le plafond bas et le plancher de terre me font penser aux casemates du vieux fort Beauséjour qu'on a visité à notre arrivée au Nouveau-Brunswick. Toute ma famille avait eu du plaisir à faire les touristes ce jour-là.

La cave de Madeleine est un entrepôt avec de vieilles boîtes de bois. La grand-tante désigne ces boîtes.

– Autrefois, c'était dans ces boîtes qu'on gardait les légumes au frais. On les remplissait de patates, carottes et navets qui nous duraient tout l'hiver et le printemps. Ta tâche est d'apporter ces vieux seaux de peinture et ces caisses de bric-à-brac à la grange.

Benoît empoigne deux sceaux et les transporte à la grange.

Cette grange n'est qu'une remise de vieilleries. Dommage qu'il n'y ait pas d'animaux ici. J'aurais aimé ça nourrir des animaux plutôt que débarrasser la cave.

Songeur et toujours un peu amer, le garçon fait plusieurs trajets de la cave à la grange. À bout de souffle et sa besogne terminée, il s'assoit dans une des berceuses sur la galerie.

Pas d'ordi, ni de télé! Si je passe toutes les fins de journée des dernières semaines de l'année scolaire chez cette vieille grand-tante, je vais m'ennuyer à mourir! Si seulement j'avais réussi à me faire des amis à l'école pour avoir la chance d'aller chez eux après la classe... Mais ce n'est pas étonnant qu'avec tous les surnoms bêtes qu'on m'a donnés, personne veuille être mon ami.

Benoît soupire et se plaint tout fort, «Ma vie est plate à mort!»

Près de la fenêtre ouverte, Madeleine l'entend et le rejoint sur la galerie.

–Bon travail, Benoît. Elle scrute son visage et s'assoit dans l'autre berceuse.

–T'as la face bien longue. Est-ce qu'on s'est encore moqué de toi à l'école?

–Mon père vous en a parlé? demande Benoît, déconcerté.

–Oui parce qu'il pense que je peux t'aider. Après quarante-cinq ans d'enseignement, j'en ai connu des élèves avec leurs défis! Il y a toujours des moyens pour arrêter les élèves exécrables, même ceux qui font de mauvais coups à l'insu des enseignants.

Benoît hoche la tête, mais il n'est pas convaincu.

–Moi-même, on me traitait de tous les noms quand j'avais ton âge.

–Vous? Mais pourquoi?

–Parce que je défendais mes petits frères et surtout parce que j'ai battu un gars surnommé «*Bedas*», le pire bagarreur de l'école.

–Vous avez battu un garçon! À coups de poing?

–Oui, pour protéger Édouard, ton grand-oncle et Claude, ton grand-père. C'est la seule fois que je me suis abaissée à la violence physique. Quand j'ai vu Bedas qui était plus vieux et plus grand que moi en train d'assaillir mes pauvres petits frères dans le champ, j'ai vu rouge! En sautant sur le bourreau, j'ai encaissé son coup de poing dans le ventre.

– Ç'a dû faire mal.

– La douleur a été tout de suite remplacée par une grande force venue du fond de mes tripes. Comme une ourse qui défend ses oursons, je me suis battue sauvagement et j'ai fait tomber Bedas sur son derrière. À ce moment-là, des jeunes marchant près du champ ont tout vu. Le lendemain, la nouvelle que la petite Madeleine avait battu le grand Bedas s'est vite répandue à l'école.

Benoît ne peut pas retenir un petit rire nerveux.

– Ton grand-père et ton oncle en ont ri aussi. Mais ce n'était pas drôle. Bedas fut grandement humilié. Sur le coup, j'en étais fière, mais après, non.

– Mais vous aviez protégé vos petits frères et gagné le respect de toute l'école.

– Oui, mais par la suite, les autres avaient toujours un peu peur d'être amis avec moi. Et je craignais toujours que Bedas s'en prenne à mes petits frères. Heureusement, il ne les a jamais touchés de nouveau. Par contre, il m'insultait sans répit avec des surnoms comme la Méchante, la Maline, la Maniaque et même pire… Quelques autres l'imitèrent.

– Aujourd'hui, on appelle ça de l'intimidation et la première chose qu'on nous conseille, c'est de le dire à un adulte, affirme Benoît.

– Dans ma jeunesse, les adultes ne se mêlaient pas des bagarres de jeunes. Alors j'ai enduré les insultes pour une secousse, avant de trouver un excellent moyen de déjouer ces malfaisants.

Benoît avance sa berceuse.

– Par quel moyen ?

– Quand j'ai compris qu'on n'arrêterait jamais de m'appeler des surnoms cruels, j'ai décidé de m'en choisir un dont je pouvais être fière. Comme j'étais connue pour me hérisser et pour être toujours prête à me défendre, ça m'a fait penser à un madouesse, un autre mot pour porc-épic. Alors, il me semblait que « Madouesse » serait un surnom digne pour moi.

– Vous vouliez... vous battre physiquement ?

– Pas du tout. Contrairement à ce qu'on pense, le porc-épic est docile et il ne lance pas ses piquants, il les dresse, seulement pour avertir ses ennemis et se défendre d'une attaque. Donc, moi aussi j'ai voulu me défendre sans attaquer. Pour d'abord m'approprier le surnom de Madouesse, j'ai commencé par le faire circuler sans qu'on sache que ça venait de moi.

– Comment ça ?

– Afin qu'on ne reconnaisse pas ma main d'écriture, j'ai imprimé tout croche sur des petits bouts de papier, soit « Madeleine est picasse comme les piquants de madouesse. » Ou « Madeleine = madouesse », avec un dessin de porc-épic aux lunettes comme les miennes. En cachette, j'ai glissé de ma poche les bouts de papier, les éparpillant dans la cour d'école, dans une fente de l'escalier, entre les briques ou sur un banc où se réunissaient Bedas et ses amis. Parce que j'avais peur de me faire découvrir, j'ai caché un papier seulement, dans la salle de classe. Mais c'était au meilleur endroit... dans le pupitre de Bedas !

Benoît sourit de cette manigance ingénieuse.

À la sortie des classes, Bedas était bien fier d'être le premier à me crier «Sors de mon chemin, espèce de madouesse!» Pour être certain que mon surnom colle, j'ai piqué une grosse colère avec mes poings en l'air. Bien sûr, il s'en est grandement réjoui, croyant avoir trouvé la pire des insultes pour moi. Désormais, je n'eus jamais d'autres surnoms cruels, du moins à ma connaissance, dit-elle en souriant.

– Vous aimez vraiment ce nom?

– Oui, Madouesse me va très bien. Non seulement mon comportement est semblable à celui d'un porc-épic, les trois premières lettres de «madouesse» sont pareilles à celles de «Madeleine». Il y avait seulement mes frères qui savaient que c'était moi qui avais choisi ce nom.

– Merci de me l'avoir dit, ma tante.

Le sourire de Madouesse met Benoît à l'aise. Il réfléchit à son dernier épisode avec les Détraqués.

– Pourquoi les gens d'ici rient-ils du mot «belette»?

– Dans notre région, «belette» est un vulgaire synonyme de «pénis.»

Benoît rougit.

– Ne me dis pas qu'on t'appelle par ce nom!

– Oui, avoue Benoît, depuis que j'ai dit que cet animal a causé mon accident.

– Il n'y a rien de mal avec ce mot. Tout dépend du contexte. Dans ton cas, on ne se réfère pas à l'animal. Si ces effrontés continuent de t'appeler ainsi, il faudra que tu te trouves une manière de les empêcher.

Madouesse a le regard lointain pour un instant, puis elle regarde Benoît intensément en fronçant ses gros sourcils comme deux chenilles en bataille.

– Penses-tu vraiment que ce petit animal a causé ton accident?

– Euh, plus ou moins. Il a traversé le sentier en courant droit devant mes roues. J'ai viré subitement pour l'éviter, ce qui m'a fait perdre la maîtrise du VTT.

– As-tu happé l'animal?

Benoît se sent mal.

J'ai rien senti, mais ça veut pas dire que j'ai rien frappé. Est-ce que le VTT en culbute a heurté ou même écrasé l'animal? Pourtant j'ai rien vu en me relevant dans le fossé. Mon père non plus a rien vu le lendemain. Peut-être que l'animal a été projeté dans l'herbe? Oh, je me souviens d'un petit cri aigu. Peut-être que l'animal a crié d'effroi ou...

– Je pense l'avoir évité, mais la brume était très épaisse.

– Ah oui, nos fameuses brumes de la baie de Fundy... Elles peuvent dissimuler toutes sortes de choses dans nos marais... dit Madeleine d'un ton mystérieux.

Pensive, elle hésite un instant.

– Ton père m'a raconté ton accident. Je ne lui ai rien dit, mais je dois avouer Benoît, que je pense que tu ne lui as pas tout raconté. Tu peux me faire confiance. Raconte-moi tout.

Stupéfait, Benoît se demande comment cette vieille femme sait qu'il n'a pas tout dit à son père. Il reste muet.

Elle n'est pas la bonne personne à qui raconter que l'animal courait sur deux pattes comme un être humain. Cette ancienne institutrice me prendra pour un fou.

D'une voix adoucie, Madouesse poursuit l'interrogatoire.

– Qu'est-ce que tu as vraiment vu Benoît ? Je te promets que je ne le révèlerai pas à qui que ce soit. Ça sera notre secret.

Benoît vacille. Il sent que ça lui ferait du bien de décrire à quelqu'un ce qu'il a cru voir, mais il se retient d'en parler.

– Je crois deviner ce que tu as vu, continue sa grand-tante et je comprends très bien comment tu te sens. Je n'ai jamais révélé ce que j'ai vu quand j'étais jeune dans les brumes du marais. Je ne voulais pas passer pour une tête molle.

Benoît se raidit.

Madouesse le regarde toujours intensément. Ses petits yeux bruns derrière ses lunettes épaisses comme des fonds de bouteilles font penser aux yeux myopes d'un madouesse. Même ses cheveux drus et poivrés ressemblent à la tête d'un porc-épic.

Mal à l'aise, il gigote dans sa berceuse.

– Eh bien moi, je vais me confier à toi, Benoît. Viens.

Perplexe, Benoît talonne Madouesse qui gravit les

marches de son escalier en colimaçon vers l'étage.

À l'étage, la porte de la salle de bain est grande ouverte, mais les portes des autres pièces sont fermées. Madouesse ouvre la porte d'une chambre qui a un lit en fer blanc et une petite penderie construite sous la pente du toit. Elle étend le bras au-dessus de la penderie et récupère une boîte métallique.

– Pas une âme n'a vu le contenu de cette boîte depuis que je l'ai trouvé dans l'herbe haute du marais quand j'avais ton âge, il y a cinquante-neuf ans.

Cinquante-neuf et onze font soixante-dix ans. Ouf, elle est plus vieille que je pensais.

– C'est très longtemps passé, dit-il sans réfléchir. Euh, pardonnez-moi.

– Oui, je suis vieille, mais tu verras bien que j'ai encore de la vigueur, réplique-t-elle sans avoir l'air offensée.

De sa poche de chandail, elle retire une petite clé qu'elle insère et tourne dans la serrure de la boîte. Puis, elle ouvre le couvercle et sort deux minuscules sabots qu'elle dépose dans la main de Benoît. Il examine ces petits sabots décorés de spirales. Ils iraient bien à une Barbie, mais Benoît devine que dans la jeunesse de Madouesse, les Barbies n'existaient pas !

– Ton animal avait-il un visage humain ?

Benoît est bouche bée.

– Portait-il des sabots ? poursuit-elle.

– Je n'ai pas vu ses pattes.

– Tu veux dire ses pieds.

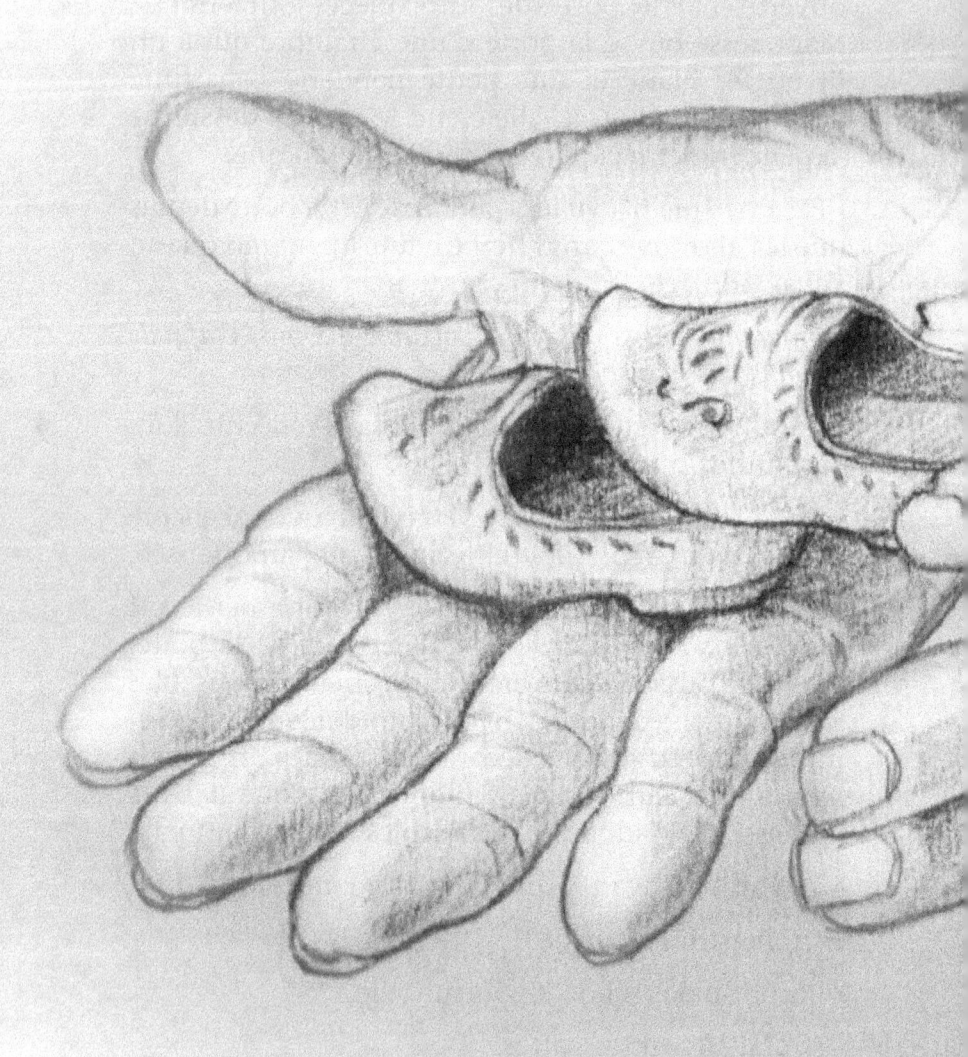

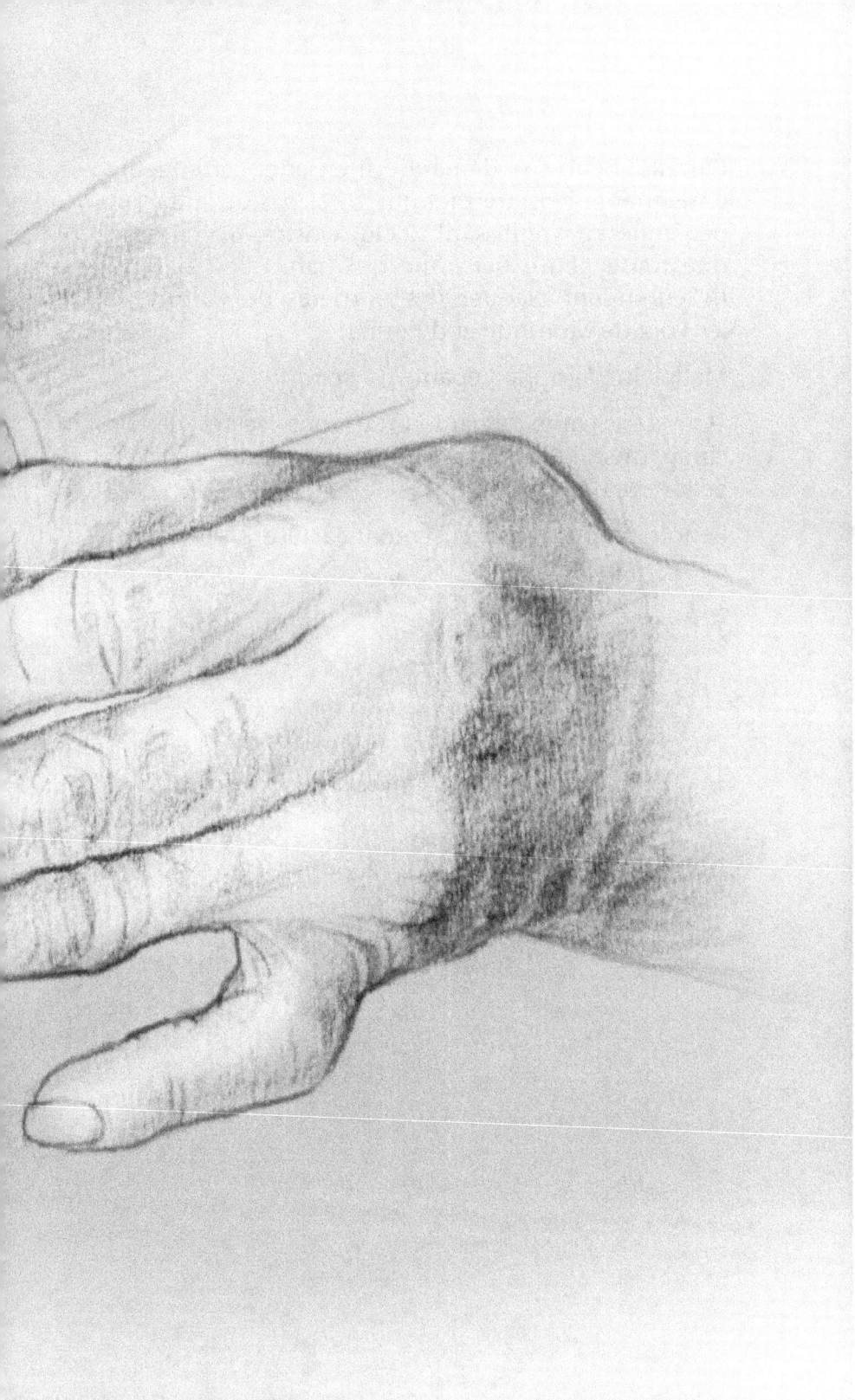

Ébranlé, Benoît se demande si en effet cette vieille enseignante d'allure pratique n'est pas devenue un peu folle en vieillissant... Ou, existe-t-il vraiment une toute petite personne qui habite les marais? Ils entendent claquer des portières de voiture et les voix de Monique et d'Emma.

Madeleine agrippe l'épaule de Benoît.

–On s'en parle demain. C'est mon secret depuis cinquante-neuf ans. Et maintenant, c'est notre secret, petit-neveu. Compris?

Benoît hoche vigoureusement la tête à sa surprenante grand-tante.

Chapitre 6

Ti-Grisou

Même si les Détraqués sont isolés l'un de l'autre en classe et même s'ils sont en punition aux récréations, Benoît n'arrive pas à se concentrer. Il ne pense qu'au secret de Madouesse.

À la sortie des classes, Benoît évite encore Dan et Éric en se rendant chez sa grand-tante. Elle l'attend sur la galerie avec une autre collation que Benoît n'aurait jamais choisie, des biscuits à l'avoine avec des noix et des raisins.

–Te voilà enfin. Viens manger ces biscuits que je viens de faire. Je vais nous chercher du lait.

Benoît savoure une bouchée toute chaude. La vieille Madouesse dépose deux verres de lait sur la table.

–C'est vraiment bon, dit-il en toute sincérité.

Elle lui sourit, jette un regard autour du voisinage et lui parle tout bas.

–Prêt pour mon secret?

La bouche pleine, Benoît lève le pouce d'une main en poing.

— Ma famille avait une ferme sur le bord de la rivière Petitcodiac quand j'étais jeune. Notre chère mère y est décédée. Ce fut la fin de mon enfance.

La mine assombrie, Madouesse fait une pause avant de poursuivre.

— Du jour au lendemain à l'âge de onze ans, je suis devenue comme une mère pour mes petits frères. Notre père ne pouvait pas s'occuper de nous.

Gentiment, Benoît informe sa grand-tante :

— Mon père m'a dit que si ce n'était pas de vous, mon grand-père et mon grand-oncle auraient été envoyés à l'orphelinat.

— C'est vrai. Je voulais absolument sauver Claude et Édouard de l'orphelinat, même s'il fallait que je fasse la majorité des tâches à la maison, car notre père travaillait du matin au soir, sept jours par semaine à la ferme. Même avec un peu d'aide de mes frères et de la voisine, je manquais au moins deux jours d'école par semaine. Les tâches domestiques étaient plus laborieuses en ces temps-là, il n'y avait pas les appareils électroménagers d'aujourd'hui. Je faisais notre pain, notre beurre et notre savon. Je raccommodais même les trous dans les chaussettes, ce qu'on ne fait plus de nos jours.

Madouesse prend une grande inspiration.

— J'aimais beaucoup l'école et ça me faisait tellement de la peine de manquer des jours de classe. Mais j'avais tout juste évité l'orphelinat moi-même. Là, mes petits frères auraient été séparés de moi. À l'orphelinat, les garçons et les filles ne pouvaient pas rester ensemble.

–C'est triste.

–Après la mort de notre mère, notre père a changé. Il est devenu très dur envers nous. Il était en deuil de sa femme, mais il oubliait que nous étions en deuil de notre mère. Il nous disputait et nous punissait pour des riens.

Un soir, alors que mon père venait de critiquer le souper que j'avais préparé, j'ai perdu patience. Mais au lieu de me fâcher contre mon bourreau de père, je m'en suis pris à mon petit frère, ton grand-père. Claude n'avait que cinq ans et il n'avait rien fait de mal, sauf gigoter sur sa chaise. Quand je l'ai grondé, il a éclaté en sanglots. Pleine de remords, je l'ai serré dans mes bras et je lui ai demandé pardon, mais il continuait à pleurer. Mon père lui a crié d'arrêter et Claude a crié «Maman!» Mon cœur s'est cassé. Je suis sortie de la maison pour ne pas pleurer devant mes frères. Ça leur aurait causé plus de peine. Fallait que je me montre forte pour les petits. Comprends-tu?

Benoît songe à la récente chicane entre son père et sa mère. Au début de leur argument, il amena sa petite sœur jouer au fond de la cour. Il ne voulait pas qu'Emma les entende et loin de la querelle, il pouvait mieux se retenir de pleurer lui-même.

–Oui, je comprends, dit-il.

–Je n'en pouvais plus d'entendre mon père disputer mon pauvre petit frère. Puis quand Édouard a commencé à pleurer aussi, j'ai couru jusqu'à l'*aboiteau* des Boudreau. À mi-chemin dans le sentier de la levée, j'ai fondu en larmes. Je suis descendue sur la digue pour me cacher dans l'herbe haute et j'ai pleuré aussi fort que mes frères. Quand toutes mes larmes furent versées, j'ai ouvert les yeux. J'étais entourée d'un brouillard dense.

Désorientée, je me demandais quelle direction prendre pour m'en aller lorsque j'ai entendu pleurer. Pensant qu'un de mes frères m'avait suivi, je me suis avancé dans la brume vers le son des pleurs comme une aveugle.

Je discernai une petite silhouette grisâtre accroupie sur la berge de la rivière! Je n'en croyais pas mes yeux. C'était un être humain minuscule, d'une trentaine de centimètres en hauteur, enveloppé d'une cape grise à capuchon qui cachait son visage!

Tout doucement, j'ai continué de m'approcher et le petit continuait à sangloter sans me voir ni m'entendre.

Ne voulant pas le perdre de vue, je n'ai pas regardé où je posais le pied et j'ai calé dans la vase gluante de la berge. J'ai eu beau essayer de me déprendre sans faire de bruit, mes flicflacs dans la vase l'ont alerté. Il s'est enfui, la cape au vent.

Une fois libérée de la vase, ce fut impossible de trouver le petit dans la brume. Je me suis dit que mes larmes avaient dû embrouiller ma vue et que c'était probablement un petit animal qui ressemblait à un homme. D'ailleurs, nos ancêtres appelaient les marmottes des «bonshommes couèches».

–Bonshommes couèches?

–C'est une variante du mot «marmotte» en langue mi'kmaq. Dans ma jeunesse, on les appelait aussi des siffleux parce qu'ils sifflent. Où est-ce que j'étais rendue? Ah oui, la preuve. En frottant mes souliers sur l'herbe pour enlever la vase, mes pieds ont cogné des pierres étranges. À ma grande surprise, j'ai découvert que ce n'étaient pas des pierres, mais des sabots minuscules!

–Nous avons vu la même chose! s'étonne Benoît. Un petit bonhomme vêtu d'une cape grise à capuchon qui courait près d'une digue.

–Et c'était aussi dans un brouillard épais, précise Madouesse.

–Et le bonhomme est apparu quand nous pleurions, renchérit-il.

–Toi aussi, tu pleurais? Pourquoi? demande-t-elle doucement.

Les petits yeux bruns de sa grand-tante émanent tellement de sympathie que Benoît décide de lui faire confiance.

–Parce que mon père n'a plus de temps pour moi.

Benoît n'ose pas dire que ses parents se chicanent trop. Il avale sa salive.

– Puis… Je suis gros, je n'ai pas d'amis et je ne me ferai jamais accepter ici.

Madouesse attend un moment avant de lui adresser la parole.

– Ce qui semble te déranger le plus, c'est l'absence de ton père. Sois patient, Benoît. C'est normal que son nouvel emploi lui demande plus de temps la première année. Il passera plus de temps avec toi quand il le pourra, car il t'aime beaucoup. Tu es chanceux d'avoir un bon père.

Benoît se dit qu'elle venait de lui parler, non pas comme une vieille institutrice stricte, mais comme une bonne tante qui veut le réconforter.

Elle sonde le visage triste de Benoît.

– Aujourd'hui, ta tâche est de me montrer où tu as vu notre petit bonhomme.

Benoît lui sourit, malgré son chagrin. Son père avait raison, sa tante n'est pas mal du tout.

***

À quelques kilomètres de sa maison, Madouesse gare sa voiture en bordure du marais. À pied, ils empruntent le sentier de la digue qui longe la rivière serpentine de Memramcook. Un vent doux fait onduler l'herbe du marais comme des vagues dans une mer verte à perte de vue.

– Avant l'invention des VTT, je marchais souvent sur les levées en gardant espoir d'épier le lutin à cape grise. Je ne l'ai jamais revu.

– Pensiez-vous qu'il avait quitté les lieux ou qu'il était mort ?

– Oui. Au fil des ans, j'ai fait des recherches sur les lutins dans le folklore acadien. J'ai seulement trouvé des anecdotes sur des lutins voleurs de chevaux. Il paraît que les matins où les Acadiens trouvaient leurs chevaux en sueur avec la crinière nouée, on disait que des lutins auraient fait ces nœuds pour s'agripper au cheval et parcourir de grandes distances pendant la nuit.

– Pensez-vous que notre petit être gris est une espèce de lutin aux oreilles pointues comme dans les contes de fées ?

– Probablement. Son capuchon aurait pu cacher des oreilles pointues.

– Il doit être très vieux si vous l'avez vu dans votre enfance.

Aussitôt dit, Benoît regrette sa phrase. C'est la deuxième fois qu'il fait référence à l'âge avancé de sa grand-tante.

Néanmoins, Madouesse rit.

– Peut-être qu'il est même plus ancien que moi. Selon un livre sur les lutins en France, ils commencent seulement à vieillir à trois cents ans ! Mais c'est sûrement une exagération.

***

Sur les lieux de l'accident, Benoît reconnaît les barres de terre brune et l'herbe aplatie où le VTT a glissé.

−C'est ici que j'ai pris le fossé. La brume était si épaisse que je voyais moins d'un mètre devant moi. Quand le petit bonhomme est apparu devant mes roues, il s'en venait du bord de la rivière pour traverser la levée.

Madouesse scrute les alentours.

−Notre bonhomme se promène joliment loin sur ses petites jambes. Moi, je l'ai vu près de la rivière Petitcodiac et toi, tu l'as vu des kilomètres plus loin près de la rivière Memramcook. Où se niche bien notre lutin ? Puis, était-il réellement habillé en gris ou est-ce l'effet de la brume ? Supposément, les lutins portent plus souvent le rouge et le vert. Dommage. Un bonnet rouge serait plus facile à voir !

Benoît s'aperçoit qu'elle ne pense pas au temps qui passe.

−Ma mère doit rentrer du travail bientôt et nous avons un bout à marcher avant de nous rendre à la voiture.

−Mon doux ! T'as raison. Dépêchons-nous !

Madouesse tourne les talons et marche si vite que Benoît peut à peine la suivre.

Dans l'auto, elle se confie.

−Benoît, je ne voulais pas te parler du plan qui m'est venu à l'idée plus tôt, au cas où des petites oreilles pointues seraient à l'écoute. J'ai déduit que sans un brouillard pour le camoufler, notre lutin restera caché. Le premier jour brumeux, nous lui tendrons un piège !

Chapitre 7

Le piège

Au grand soulagement de Benoît, les Détraqués ne le regardent même pas. Ceux-ci portent toute leur attention sur Zoé, la nouvelle élève maigre et blême, aux cheveux longs et aux vêtements étranges. Elle est déjà surnommée Zoé la *Zirable* par les Détraqués, qui ont hâte d'achever leur semaine de punition pour s'en prendre à elle.

Après la classe, Benoît ne voit aucune trace de brume dans le marais. Ils ne pourront donc pas piéger le lutin. Sa grand-tante l'attend pour manger des craquelins à grains entiers et du fromage. Benoît aurait préféré des croustilles.

– C'est dommage qu'il n'y ait pas de brume, dit-elle. Tu n'as pas besoin de faire tes devoirs le vendredi. Comme tu as bien nettoyé la cave hier, il ne reste qu'à mettre les ordures dans la grande poubelle.

Au sous-sol, Benoît empoigne les derniers sacs d'ordures et jette un regard autour de lui, fier de son travail.

Débarrassée des déchets, la cave ressemble encore plus à une ancienne casemate du fort Beauséjour. Ça serait bien de retourner au fort avec Papa pour explorer le champ de bataille. Peut-être qu'ils y trouveraient des boules de canon, des balles de mousquet ou des pointes de flèches.

Rendu dehors, Benoît met les sacs dans la poubelle près de la grange.

– Merci Benoît, dit sa grand-tante sur la galerie. Il me faut de l'exercice. Allons marcher sur la levée, dit-elle affichant un sourire de connivence.

Certain qu'ils retournent à l'endroit où il a vu Ti-Grisou et eu son accident de VTT, Benoît attend sa grand-tante près de la voiture. Mais Madouesse passe à côté et marche vers le chemin. Benoît la rejoint et ils traversent la route. Il n'avait pas remarqué le sentier qui mène à la grande digue longeant la rivière. Devant eux s'étendent des kilomètres de marais. Il n'y a pas d'arbres, sauf un petit bosquet de peupliers, plus loin au bord de la levée. Il n'y a pas de vent non plus, ce qui veut dire qu'il n'y a aucun mouvement de branches, de feuilles ou d'herbes.

C'est donc plate marcher dans le marais. Pas comme y aller en VTT.

En approchant le petit bosquet, Benoît sursaute en y voyant surgir un corps brunâtre à col blanc avec une tête rouge et verte qui traverse la levée en toute vitesse et disparaît dans l'herbe.

– Ce faisan se cache souvent là, dit Madouesse, nonchalante. Les mâles ont du rouge et du vert dans leur plumage, les mêmes couleurs que portent les lutins.

Ah, c'est seulement un oiseau. Faut pas laisser mon imagination s'envoler, mais ma grand-tante à l'allure si rationnelle me parle de lutins!

–On dit qu'il est impossible de capturer les lutins parce qu'ils peuvent se rendre invisibles, continue-t-elle. Mais je pense que ce n'est pas le cas de notre Ti-Grisou. Il semble simplement se servir de la brume pour se rendre difficile à détecter.

–Sans brume pour le cacher, il quittera peut-être les alentours, suggère Benoît, se sentant toujours un peu enfantin de parler de lutins.

–Justement, s'il est nomade, on risque de ne pas le revoir. Es-tu prêt à prendre au sérieux la recherche de lutins?

–Euh, oui, dit Benoît toujours un peu sceptique.

–Demain matin, le marais sera brumeux. As-tu une bicyclette?

Benoît hésite. Il y a plus d'un an depuis qu'il s'est servi de son vélo. Sera-t-il capable de pédaler loin? Il ne veut tout de même pas manquer la chance de revoir le lutin...

–Oui!

–Bon. Ce soir, demande à tes parents si tu peux m'aider à nettoyer ma grange demain matin.

–Ils seront d'accord. À quelle heure?

–À six heures. Tu pourras déjeuner avec moi. Je calcule que tu dois partir à cinq heures et demie, afin d'arriver à temps pour manger et ensuite explorer le marais avant que la brume matinale se dissipe.

–Cinq heures et demie? Ma famille ne sera pas réveillée.

–Exactement. Il ne faut pas piquer leur curiosité. Dès que le piège pour capturer Ti-Grisou sera tendu, nous reviendrons faire un petit ménage dans la grange pour ne pas mentir à tes parents.

–Mais un piège pourrait le blesser...

–Ne crains pas, Benoît. Mon piège à lutin ne lui fera pas mal.

Le soir venu, les parents de Benoît sont étonnés d'apprendre que leur fils veut se rendre chez sa grand-tante en vélo et travailler en plein samedi matin. Il se retient de leur dire l'heure de son départ.

Le lendemain, à cinq heures et demie, Benoît quitte la maison en refermant la porte doucement derrière lui. Comme Madouesse l'a prédit, une brume laiteuse s'étend comme une nappe blanche gigantesque d'un bout à l'autre du marais!

Fébrile, il enfourche sa bicyclette et file, chancelant un peu dans la cour. Retrouvant sa confiance, il descend la grande côte sans pédaler. Ensuite, il roule sur la route centrale jusqu'au pied d'une colline où il marche à côté de son vélo, essoufflé. Sur la crête de la colline, il enfourche à nouveau son vélo et pédale jusqu'à la maison de sa grand-tante. À la porte, un arôme d'œufs et de bacon l'accueille.

–Tu es juste à temps, dit Madouesse en lui ouvrant la porte.

Ils mangent rapidement sans mots. Leur copieux repas terminé, les complices déchirent chacun un morceau de carton qui servira de siège sur la rosée et ils partent à la chasse aux lutins. Toujours en silence, ils roulent en voiture jusqu'à l'autre bout du marais. Laissant la voiture sur le bord de la route, ils pénètrent le brouillard matinal.

«Bouche cousue, oreilles tendues!» chuchote la grand-tante.

Au site de l'accident, ils déposent leurs cartons dans l'herbe mouillée de la levée et s'assoient dos à dos. Ils font le guet en silence. Le temps passe. Ils ne voient pas le moindre ombrage dans le marais embrumé. Alors que le brouillard commence à se dissiper, Madouesse chuchote «Tourne-toi tranquillement.» Benoît se retourne.

À dix mètres de la digue, il semble qu'un animal se fraye un chemin en écrasant l'herbe à mesure. En face de la levée, la bête se cache derrière une touffe de vieille herbe délavée. La femme et le garçon retiennent leur souffle en voyant une petite tête encapuchonnée poindre lentement au-dessus de la touffe d'herbe, puis se baisser subitement.

–Ti-Grisou, chuchote Madouesse.

–Il nous a vu, chuchote Benoît, le cœur à la gorge.

Le capuchon gris rebrousse chemin et disparaît dans les derniers vestiges de la brume.

–Allons tendre mon piège.

Benoît ne voit pas de piège. Perplexe, il suit sa grand-tante qui descend la levée et se rend à la touffe d'herbe asséchée. De sa poche, Madouesse sort une pierre peinte en rouge vif, sur laquelle est dessiné un visage hilarant riant à pleines dents. «Le cadeau d'un ancien élève», murmure-t-elle en déposant la pierre par terre. De l'autre poche, elle sort un des sabots miniatures et le dépose près de la pierre.

D'une voix autoritaire, elle s'adresse à Ti-Grisou qui est peut-être caché tout près.

– Nous ne vous voulons pas de mal! Nous voulons simplement vous rencontrer! Je vous ai vu près de l'aboiteau des Boudreau quand j'étais jeune fille! Vous vous êtes enfui, laissant vos sabots, crie-t-elle, levant la main en l'air avec le sabot au bout des doigts.

Elle a l'air ridicule à crier dans le vide.

– Demain matin, nous reviendrons avec l'autre sabot à condition d'avoir le privilège de vous parler! N'ayez pas peur, ça restera notre secret. C'est promis!

Satisfaite de son discours, elle tourne les talons et remonte la levée. Benoît la suit, étonné de tout ce qu'il vient de vivre. Sur le sentier, ils entendent le bourdonnement de VTT qui viennent vers eux.

– Quel tintamarre! s'exclame la grand-tante. Je déteste ces machines infernales!

Pensant le contraire, mais gêné d'être vu avec sa tante, Benoît commence à descendre la digue pour laisser passer les VTT.

– Non, Benoît. Restons sur la levée. Obligeons ces tapageurs à descendre et nous contourner!

Les trois véhicules descendent la digue pour faire le tour des piétons. Quand les VTT remontent la levée plus loin, le dernier passager se retourne. C'est nul autre que Dan, le Détraqué.

Ah non! Dan! Il m'a vu marcher dans le marais avec la vieille Madouesse!

Chapitre 8

Le mulot à sabot

Le lendemain, au petit matin, Benoît mange sa dernière bouchée de céréales santé lorsqu'il entend la voiture de Madouesse. Il rince son bol tout doucement. En sortant à pas feutrés de la cuisine, il voit Emma dans l'escalier, les yeux à peine ouverts, avec une brassée de Barbies.

– Viens jouer, marmonne-t-elle.

– Non, ma tante Madeleine m'attend, chuchote-t-il. Va te coucher.

– Je veux aller avec toi.

– Non, Emma. Je dois travailler pour ma tante.

– Après?

– Oui, mais je veux pas jouer aux Barbies.

– Aux Barbiiies!

– Chut, Emma!

– Benoooît !

– Ne réveille pas Maman et Papa. Maman jouera peut-être avec toi plus tard, si tu la laisses dormir. T'es mieux de monter dans ta chambre.

Il embrasse Emma et part.

De sa voiture, Madouesse aperçoit Emma à la fenêtre de sa chambre. Elle regarde son frère marcher vers la voiture. Boudée, elle colle son visage contre la vitre jusqu'à aplatir son nez.

Benoît ouvre la portière de la voiture.

– Qu'est-ce qui se passe avec ta sœur pour qu'elle fasse une pareille face de crêpe ?

– Face de crêpe ! s'esclaffe Benoît. Elle est frustrée parce que je ne veux plus jouer aux Barbies. C'est la seule chose à laquelle elle veut jouer.

– Tu fais bien de refuser. Il faudrait qu'elle joue à d'autres jeux aussi. Faut pas la gâter ni la laisser tout contrôler.

– Justement, répond Benoît.

Emma est très gâtée. Si seulement mes parents s'en rendaient compte aussi.

– Les Barbies n'existaient pas dans ma jeunesse. Ma seule poupée était un bébé sans cheveux. Après le décès de Maman, je n'avais plus le temps de jouer. Mais parfois, j'aidais mes frères à créer un petit village dans notre cour. Ils traçaient des chemins dans le gravier avec leurs petits camions et leurs petites autos, puis je leur fabriquais des petites bâtisses faites de boîtes vides.

−Vous jouiez vraiment dans le gravier avec mon grand-père et mon grand-oncle?

−Oui, et j'aimais beaucoup ça. C'est difficile pour toi d'imaginer, mais un jour tu seras vieux toi aussi et les jeunes auront de la difficulté à croire que dans sa jeunesse, le vieux Benoît pourchassait un lutin avec sa grand-tante!

Benoît rit.

−Qu'est-ce que vous avez raconté à mes parents pour venir me chercher ce matin?

−Je leur ai dit que j'attends de la visite ce midi et que j'ai besoin de ton aide pour aménager une chambre à coucher, entre autres…

−Vous avez menti.

−Pas tout à fait, dit-elle, un peu mal à l'aise. C'est vrai que mon amie Corinne arrive de Fredericton ce midi et que je vais lui offrir de coucher chez moi, mais elle voudra sûrement aller coucher chez sa parenté. Allons déplacer le lit tout de même pour garder ma parole. Ensuite, nous irons voir si Ti-Grisou a pris l'appât.

Benoît pouffe de rire. Madouesse aussi. Il n'en revient pas qu'une adulte ait rafistolé la vérité pour passer du temps avec lui. Et personne ne croirait que cette ancienne institutrice mentirait pour piéger un lutin!

Même dans la brume matinale, ils repèrent facilement la pierre rouge dans l'herbe en bas de la levée. Le sabot n'y est plus.

−Pas de sabot. Ni de Ti-Grisou. Qu'est-ce qu'on fait maintenant? demande Benoît.

−On attend, dit Madouesse, résolument. La patience est une vertu, Benoît.

Sans plus, ils s'assoient sur leurs cartons et attendent ainsi sur la levée pendant plus d'une heure, jusqu'à ce que la brume commence à se dissiper.

−Ç'a l'air que mon piège n'a pas marché, dit Madouesse, maintenant découragée. À mon âge, c'est fort probable que je ne reverrai plus jamais Ti-Grisou.

Elle sort le sabot restant de sa poche et le place dans la main de Benoît.

−Tu peux le garder comme souvenir.

Benoît ne la remercie pas, car il a les yeux rivés sur le marais.

−Ti-Grisou, souffle Benoît.

Sa tante suit son regard. Dans l'herbe en bas de la digue un capuchon gris apparaît. Suivi d'un autre! Puis d'un autre!

−Trois Ti-Grisous! chuchote Madouesse, abasourdie.

Ils sont enveloppés dans leurs capes grises capuchonnées, comme trois chrysalides dans leurs cocons. Lentement, ils ouvrent leurs capes.

Sidérés, Benoît et Madouesse n'osent pas bouger devant les trois paires d'yeux minuscules fixés sur eux. Leurs cheveux sont ébouriffés comme de petites touffes de foin. Leurs grandes chemises et leurs pantalons jusqu'aux genoux sont gris. Au lieu des chaussures pointues de lutin, ils sont chaussés de mocassins. Eux aussi restent immobiles comme des sentinelles.

Au loin, derrière les lutins, Benoît et Madouesse aperçoivent un mouvement dans l'herbe. Encore un lutin! Il doit être en train de se frayer un chemin pour rejoindre les autres. Mais ce qui surgit de l'herbe est à quatre pattes. Ce n'est qu'un mulot brun et grisâtre. Mais voilà que cette souris des champs se dresse debout sur deux pattes avec le « sabot-appât » dans la gueule!

Le neveu et sa vieille tante n'en croient pas leurs yeux! Le mulot laisse tomber le sabot et une bouffée de vapeur grise engouffre l'animal. Madouesse et Benoît peuvent à peine discerner la silhouette qui ondule et s'allonge dans sa capsule grisâtre, mais au bout de quelques secondes, la capsule s'évapore, révélant une petite dame lutine!

Les deux chasseurs de lutins ont le souffle coupé de stupéfaction. La toute petite dame est vêtue d'une longue robe argentée et scintillante comme la rosée. Ses beaux cheveux longs, comme un voile brun, sont couronnés de deux tresses autour de sa tête.

–Quelle beauté sublime, dit doucement Madouesse émerveillée!

Chapitre 9

Dame Nadège

Un des lutins ramasse le sabot et les quatre petits êtres gravissent la levée. Comme des gardes du corps autour d'une reine, les trois lutins escortent la lutine. Ce petit groupe s'arrête devant Benoît et Madouesse, qui eux sont hébétés.

Deux lutins sont blonds aux yeux noisette et le troisième a les cheveux bruns et les yeux gris, comme la belle lutine. Elle prend la parole.

–Je vous remercie de nous avoir rendu ces précieux sabots fabriqués par mon défunt époux, dit-elle d'une petite voix claire et solennelle.

Il est mort… Oh non! Quand j'ai eu mon accident, j'ai entendu un cri! J'ai peut-être tué son époux!

Benoît n'est pas prêt à parler de cette pensée horrible.

Toujours émerveillée par la magnifique créature, Madouesse lui tend l'autre sabot avec révérence. Le lutin aux cheveux bruns s'avance et prend le sabot.

Ensuite, il dépose les deux sabots par terre devant la lutine. Les jumeaux avancent à leur tour. Un s'agenouille pour enlever les mocassins de la belle, tandis que l'autre lui tient le bras. La majestueuse lutine glisse ses tout petits pieds dans les chaussures de bois, les regarde fixement, puis tamponne ses yeux avec un mouchoir en dentelle.

Benoît, plein de remords, se retient.

Après un moment lourd de silence, Madouesse ne peut plus se retenir.

– Mais qui êtes-vous, chère dame ?

– Avant de vous répondre, je vous prie d'enlever cette affreuse pierre rouge de ma vue, supplie la lutine en détournant la tête. Je ne peux point supporter cette couleur porte-malheur.

Benoît court récupérer la pierre et la met dans sa poche.

– Merci, dit la petite dame, soulagée.

Benoît balbutie : « Euh, c'est mon plaisir. » Il a failli ajouter « Votre Majesté. »

La lutine soupire et regarde le lutin aux cheveux bruns.

– Le rouge lui rappelle un évènement très douloureux, explique celui-ci.

– Pardonnez-moi, je pensais que les lutins aimaient le rouge, dit Madouesse, gênée.

– Nous ne sommes point des lutins ! s'indigne la petite femme.

Le petit homme aux cheveux bruns touche l'épaule

de la petite femme pour la calmer.

–Pardonnez-moi, dit-elle, je vous présente mon fils Vital, désignant de sa main élégante celui qui lui ressemble. Et mes *bessons*, ajoute-t-elle en regardant les jumeaux, Victor et Vincent.

Bessons doit signifier jumeaux.

–Et moi, je suis Nadège de Beaubassin. Elle regarde Madouesse. Nous nous sommes déjà vues à l'aboiteau des Boudreau de la rivière Petitcodiac. Vous m'avez vu fuir lorsque vous pleuriez votre mère, vous répétiez, «Maman».

–Oh, mon doux! C'était vous! s'exclame Madouesse.

–Puis toi, jeune homme, dit-elle en regardant Benoît, je suis désolée d'avoir causé ton accident et je suis soulagée que t'en sois remis. Nous y avons échappé belle.

Ne trouvant pas sa voix, Benoît hoche la tête.

C'était elle! Ouf, je n'ai pas tué son mari.

–Pourquoi ne fuyez-vous pas maintenant que je vous ai remis vos sabots? demande Madouesse.

–J'ai besoin de votre aide pour trouver mon fils Valmont et mes trois neveux qui ne sont pas de retour de leur voyage lointain. On les attend depuis longtemps. Je vous en prie, acceptez-vous de nous aider?

Sans en savoir davantage, Madouesse et Benoît répondent «oui» simultanément.

–Avant de vous en parler plus longuement, je dois

donner votre réponse aux Aînés. Ce n'est qu'une formalité, rassure la petite dame. Je suis certaine qu'eux aussi accepteront de vous faire confiance. Astheure, nous devons vous quitter avant que la brume disparaisse. Pouvez-vous me rencontrer demain matin ?

– Demain après-midi serait mieux pour nous, affirme Madouesse. Mais s'il n'y a pas de brume, est-ce toujours possible de se rencontrer ?

– Vous avez deviné que le brouillard est crucial pour nous. C'est possible de se rencontrer, mais il faudra être grandement prudents et pour inclure Benoît, il faudra se rencontrer après l'école, n'est-ce pas Madeleine ?

– Euh, oui, Madame, balbutie Madouesse.

Benoît et sa grand-tante sont stupéfaits que la dame les connaisse.

– Après votre goûter, marchez sur la petite levée en face de votre logis et continuez à gauche sur la grande levée, commande Nadège. Je vous rejoindrai en route. À la *revoyure*.

– À la revoyure, lui répondent-ils, comme en transe.

Madouesse et son petit-neveu regardent les petites personnes descendre l'autre bord de la levée et disparaître dans les dernières traces de brume.

Ébahis, Madouesse et Benoît se regardent un moment pour se rassurer qu'ils ont bel et bien participé à cette rencontre extraordinaire.

– Je n'en reviens pas de ce que nous venons de voir et d'entendre, dit sa grand-tante. Ces minuscules personnes aux corps parfaitement proportionnés n'ont pas les oreilles pointues comme les lutins, les elfes, ou les fées et ils n'ont pas le nez gros comme les trolls et les nains.

–Mais qui sont-ils, ma tante? Et combien sont-ils? Nous en avons vu quatre et supposément il y a aussi des Aînés. Puis, quatre auraient disparu et au moins deux sont morts, calcule Benoît.

–Je n'ai aucune idée, mais c'est fabuleux de les rencontrer! Tu sais, Benoît, sans toi, je n'aurais pas eu la chance de revoir mon Ti-Grisou et de découvrir qu'ils, enfin elle et eux, sont plus merveilleux que j'avais imaginé.

–Moi non plus, je n'aurais pas eu cette chance sans vous.

Ils posent un dernier regard sur les alentours.

–Que nous réservent ces marais brumeux de la baie de Fundy? se demande la grand-tante. Dans quoi on s'embarque?

–Quelque chose d'extraordinaire, ma tante.

Ils se regardent et sourient.

À ce moment-là, Benoît réalise qu'ils vont devenir de très grands amis.

Chapitre 10

La patience perdue

– Éric! As-tu su la nouvelle? Hier, Benoît Bedou marchait sur la levée avec sa «girlfriend», la vieille Madouesse! lance Dan pour que tout le monde puisse l'entendre.

– Sa «girlfriend» fait ben *zire*! Ha, ha! s'écrie Éric.

– Ouais, sa «girlfriend» est toute ridée, *grisounnée*, pis *regrichée*, renchérit Dan.

Benoît n'en peut plus de les entendre se moquer de sa tante. Il pousse Dan, le faisant heurter Éric. Les Détraqués tombent par terre, l'un sur l'autre.

Zoé cache son sourire.

Outrés, les Détraqués rapportent l'incident à l'enseignante. Personne, sauf Zoé, n'a vu Benoît pousser Dan.

Benoît a honte de son geste impulsif et violent qui le place au même niveau qu'un Détraqué. Il va pour avouer qu'il a poussé Dan, lorsque celui-ci lance à Zoé, «Dis à Madame ce que t'as vu!»

Sans expression, Zoé regarde Dan et Éric qui l'ont harcelée depuis son arrivée à cette école. Ensuite, elle jette un regard placide vers Benoît.

– C'était un accident, ment-elle. Benoît a accroché Dan. En trébuchant, Dan a bousculé Éric.

– Vous vous précipitiez tous pour sortir. La prochaine fois, fais plus attention Benoît, avertit Mme Bourgeois.

Dan et Éric fusillent du regard Zoé et Benoît.

Benoît ne s'attendait pas du tout à ce que Zoé mente pour le protéger.

Les Détraqués vont se venger pour le reste de la semaine. Et ce n'est que lundi.

À la récréation, les Détraqués bousculent Benoît et lui volent sa collation de fruits qu'ils jettent au sol et piétinent. Ensuite, ils se ruent vers Zoé et happent sa collation de fromage. Quand ils prennent chacun une bouchée, ils grimacent et crachent par terre, n'ayant jamais goûté du fromage soja. Zoé et Benoît se retiennent de rire.

Alice, une copine de classe, s'avance pour partager sa collation avec Zoé.

Les filles semblent toujours avoir plus de facilité à se faire des amies. Même ma petite soeur s'est fait de bonnes amies à la maternelle. J'aurais aimé parler à Zoé en privé, mais si les Détraqués nous voient ensemble, tout sera pire.

Le midi, comme il s'y attendait, Dan et Éric le font trébucher en sortant de la salle de classe.

À la cafétéria, Benoît voit les Détraqués s'approcher de la table à Zoé. Dan crie :

«Zoé la *Zirable!* » en désignant le repas de Zoé, tout fier de découvrir qu'elle est végétarienne, un autre point à ridiculiser. Éric et Dan ricanent. Zoé se baisse la tête et se recroqueville. À la table d'à côté, Benoît se lève pour la défendre, mais les paroles se bloquent dans sa gorge quand Dan le regarde.

– T'as deux «girlfriends» *zirables* astheure, une vieille pis une *maigrace*, Benoît Bedou! lance Dan en le fixant malicieusement.

Benoît ne bronche pas et continue à fixer Dan. Les deux s'assoient lorsque la surveillante arrive dans la salle.

Dan ne se vengera pas après la classe, cette fois. Je file chez ma tante pour un rendez-vous de plus grande importance dans le marais.

Benoît ne porte plus attention aux Détraqués. Il sourit à lui-même en réfléchissant à la ruse de sa grande tante et à son excellent piège. Sans s'en rendre compte, Benoît sourit dans la direction de Zoé. Elle le voit et lui sourit timidement.

À la sortie de l'école, Benoît part à courir avant que les Détraqués le voient.

Chez Madouesse, il mange sa collation de noix et de raisins tout en faisant ses devoirs. Dès qu'il termine, elle est prête à partir. À la porte, il remarque de fines rayures rouges dans la chemise beige de sa tante.

– Dame Nadège nous a dit pas de rouge !

– Mon doux! J'ai oublié! Attends que j'aille changer ma chemise.

Lorsqu'ils s'engagent sur la levée en face de chez Madouesse, il n'y a pas de brume. Ils dépassent le bosquet d'arbres et continuent à marcher pendant une demi-heure, scrutant le marais de l'Anse-des-Cormier sans rien voir, même pas un petit brouillard suspect ni de capuchon gris ni de mulot.

– On est presque rendu à la butte des Taylor. On est mieux de rentrer chez moi avant que ta mère vienne te chercher.

– Pourquoi Dame Nadège n'est-elle pas venue à notre rencontre?

– Je n'ai aucune idée, Benoît.

Déçus et exténués, ils rentrent à la maison en silence, juste à temps pour voir la mère de Benoît arriver dans la cour.

Madouesse lui souffle: «La patience est une vertu, Benoît.»

Le lendemain et le surlendemain, ils marchent sur la levée sans dépister la petite dame ou ses fils. Les Aînés du petit peuple ont-ils refusé leur aide? Est-ce qu'ils vont revoir ces êtres féériques en difficulté? Benoît et sa grand-tante s'impatientent.

Chapitre 11

Le siffleux

Il fait exceptionnellement chaud pour la fin mai. À l'école, les élèves n'ont pas le goût de travailler et les Détraqués n'ont même pas l'énergie nécessaire pour intimider Benoît ou Zoé.

Après la classe, Benoît marche moins vite pour aller chez Madouesse, car la chaleur est accablante.

Cette chaleur peut être dangereuse pour les personnes âgées. Grand-père Gaudet est mort d'une crise cardiaque par une journée où il faisait très chaud. Papa a dit que son père était têtu et qu'il insistait à faire son jogging, même dans la grande chaleur.

– Ma tante, vous ne trouvez pas qu'il fait trop chaud pour aller se promener dans le marais?

Madouesse rive ses yeux sur son petit-neveu.

– Voyons Benoît! Nous ne pouvons pas abandonner Dame Nadège! Ça fait cinquante-neuf ans que je cherche cette petite personne extraordinaire et à mon âge, je ne veux pas perdre une occasion de la revoir! Puis d'habitude, c'est plus frais dans le marais avec la brise de la baie de Fundy.

–Mais la grande chaleur n'est-elle pas dangereuse pour votre santé?

–Pas si j'apporte beaucoup d'eau. Benoît, réalises-tu combien de personnes sur notre planète aimeraient avoir notre chance?

Elle hausse ses sourcils de chenille et poursuit.

–Selon mes recherches, les petits êtres ont toujours essayé d'éviter le contact avec les êtres humains. Mais, s'il le faut, ils préfèrent approcher les enfants. J'ai la chance de revoir Dame Nadège après tant d'années parce que je suis avec toi... Nous sommes donc une équipe, Benoît. Dame Nadège et son peuple ont besoin de nous. Imagine le défi qu'ils ont de nos jours. Ça doit être difficile de se cacher des êtres humains qui ont tous des appareils photo dans leurs cellulaires et des machins comme des drones!

Avant que Benoît puisse dire un mot, elle annonce:

–Faut que je te montre quelque chose. Suis-moi.

Curieux, Benoît la suit dans l'escalier en colimaçon jusqu'à l'étage. Quel autre secret Madouesse va-t-elle lui révéler? Elle s'arrête devant une porte fermée, sort de sa poche une ancienne clé et déverrouille la porte.

La pièce qu'elle lui révèle a un vieux pupitre devant la fenêtre du mur d'en face. Les autres murs comportent des étagères remplies de livres, du plancher au plafond. D'un côté, il y a des dictionnaires, des encyclopédies et des livres à propos du monde fée-rique. D'un autre côté, on trouve des étagères de romans et des albums de contes de fées. Au der-nier mur d'étagères, il y a des livres sur la grande Histoire du monde, sur l'histoire de France, sur celle du Canada et celle de l'Acadie, ainsi que quelques vieux manuels scolaires. La bibliothèque secrète de Madouesse est composée d'un mélange de livres anciens et contemporains, autant en français qu'en anglais.

Ébloui et admiratif, Benoît regarde sa grand-tante excentrique.

– C'est un véritable centre de recherche sur le monde féérique !

– Absolument ! Il y a longtemps que je collectionne ces livres dans l'espoir de connaître l'identité du petit capuchonné.

– Et dans tous ces livres, vous n'avez rien trouvé ?

– J'ai trouvé de l'information sur des petits êtres fan-tastiques de presque tous les pays du monde. Il y en a quelques-uns qui ressemblent un peu à nos Grisous, mais ils ne vivent pas dans les marais de l'Amérique du Nord.

– Alors, ils ne sont pas dans vos livres. Nos petits sont vraiment uniques au monde ! déduit Benoît. J'espère que nous allons les revoir.

– Règle générale, les lutins sont espiègles et aiment jouer des tours. Mais je pense pas que Dame Nadège nous joue des tours. Sa détresse était sincère. Elle a vraiment besoin de nous.

– Oui. Elle était en grande peine et ses fils aussi. Il doit y avoir eu un imprévu qui a empêché Dame Nadège et ses fils de venir à notre rencontre. Peut-être un malheur… Je suis d'accord avec vous, il ne faut jamais rater une occasion de les rencontrer.

– Bon. Tu as tout compris, dit-elle avec un sourire.

– Vous pouvez compter sur moi, Dame Madeleine, déclare Benoît, en faisant une révérence de chevalier.

Madouesse rit.

– Allons-y !

Au bout de vingt minutes de marche sur la levée, Benoît s'essouffle. Il est tout en sueur. Il est étonné que Madouesse ne semble pas se fatiguer, malgré son âge avancé.

– Je suis trop gros, dit-il en s'essuyant avec le bas de sa chemise. Puis je déteste les régimes.

– Laisse faire les régimes ! Les jeunes ne suivaient pas de régimes dans ma jeunesse. On mangeait comme des bœufs et on était en forme parce qu'on marchait partout. Tu n'as qu'à manger de bons aliments avec quelques petites gâteries de temps en temps. Et surtout, faut que tu marches et que tu bouges davantage. Trop de jeunes aujourd'hui passent tout leur temps devant un écran !

– Pas de régime. J'aime cette idée. Mais marcher loin, et manger un peu moins de sucreries va être un défi pour un bedou comme moi, plaisante-t-il.

Elle s'aperçoit qu'il transpire.

–C'est faisable Benoît, tu verras. Tiens, tu as besoin de boire beaucoup d'eau, dit-elle en sortant une bouteille d'eau de son sac à dos.

Il boit toute la bouteille d'un trait.

Madouesse glousse et lui tend une pomme qu'il mange en marchant.

Au bout d'un certain temps, Benoît remarque que sa grand-tante a les joues rouges.

–On est peut-être mieux de rentrer et revenir demain, ma tante.

–La patience est une vertu, faut continuer, réplique-t-elle, essoufflée.

Ouf, elle est aussi têtue que mon grand-père.

–Mais vous êtes tellement rouge, ma tante. Si quelque chose vous arrive dans cette chaleur... Vous pourriez vous évanouir, ou pire. On est loin du chemin et nous n'avons pas de téléphone.

Le visage de Madouesse s'attendrit.

–Tu penses à mon pauvre frère Claude. T'as raison, Benoît. Il vaut mieux que je me repose avant de retourner chez moi.

Ils s'assoient sur le bord de la levée, face à la rivière. Après un moment, ils entendent un sifflement. Ils voient une marmotte sortir de son trou, un peu plus loin dans le pré.

–Ce sifflement a fait que nos ancêtres nommaient la marmotte un « siffleux ».

– L'autre jour, vous avez dit qu'ils l'appelaient « bonhomme couèche… »

– Oui, les deux. T'as une bonne mémoire.

Ils observent la marmotte froisser l'herbe sur son passage et se diriger vers eux, puis ils la perdent de vue.

– Je l'entends… Elle monte la levée de l'autre bord, chuchote Benoît.

Ils se retournent, mais c'est un petit bonhomme vêtu de brun qui apparaît.

– Vital ! s'étonne Benoît. Tu peux te transformer en marmotte !

– Tu es magicien comme ta mère ! s'écrie Madouesse.

– Nous pouvons muer, mais nous ne pouvons point parler sous forme animale.

– On est content de te voir, dit Benoît.

Vital, le visage triste, baisse la tête.

– Qu'est-ce qui'est arrivé, Vital ? interroge Madouesse.

– Mon frère et mes cousins… Ils ont *trépassé* !

-Vous voulez dire qu'ils sont morts ? poursuit-elle.

– Tous les quatre ? ajoute Benoît.

-Ouais, tous, répond Vital d'une voix à peine audible.

– Mon doux ! C'est terrible ! Mes plus sincères sympathies, dit Madouesse.

– Mes sympathies, dit Benoît bouleversé.

Il veut en connaître davantage, mais il estime que ce

n'est pas le bon moment.

– Est-ce que vous avez encore besoin de nous?

Vital, les larmes aux yeux, se tourne la tête lentement vers lui.

– Ma mère veut vous rencontrer, demain. Pouvez-vous revenir?

– Oui! répondent-ils résolument.

Vital prend une grande inspiration pour retenir ses émotions.

– C'est mieux de se rencontrer à l'*abric* des peupliers sur la levée près de chez vous. Grand merci. À la revoyure.

– À la revoyure, Vital, disent-ils tendrement.

Le pauvre petit pénètre l'herbe.

Ébranlés par les décès, Benoît et sa tante restent figés sur place.

Quatre d'un coup! Qu'est-ce qui les a tués? Ou, qui les a tués?

Chapitre 12

La grande quête

Le lendemain, Benoît est moins dérangé par les insultes des Détraqués, tellement il est préoccupé à savoir comment les petites personnes ont trouvé la mort. Il se demande aussi comment faire pour aider leur parenté éprouvée. Les Détraqués sont tracassés par l'indifférence de Benoît. Ils planifient donc une embuscade, sachant que dans la grande ruée à la sortie de classe du vendredi, la surveillante ne les verra pas faire faire trébucher Benoît.

Les Détraqués exécutent leur plan et la chute de Benoît est spectaculaire. Ses manuels volent de son sac à dos et Benoît tombe à plat ventre sur le gazon. Le visage dans l'herbe, il entend rire les élèves. Ils se taisent lorsqu'une surveillante les réprimande. Elle accourt auprès de Benoît. Embarrassé, il reste allongé par terre jusqu'à ce que la surveillante l'aide à se relever.

–Ça va ? demande-t-elle.

–Oui...

–Dan et Éric seront en retrait aux récréations de la semaine prochaine. Je vais aussi téléphoner à leurs parents.

—Merci, Madame.

Zoé et sa nouvelle amie Alice aident Benoît à ramasser ses livres.

—Merci, leur dit-il, un peu gêné.

—Je suis contente qu'ils soient punis comme il faut, dit Zoé.

-Ouais, puis ils vont être punis à la maison itou, assure Alice. Leurs parents vont être enragés comme des blés d'Inde!

Benoît et Zoé ne peuvent s'empêcher de sourire.

—As-tu dit «enragés comme des blés d'Inde»? demande Benoît.

—Ouais, une expression de par *icitte*, dit Alice. Je ne la comprends pas non plus, mais j'aime dire ça pour faire rire.

Benoît se surprend à rire et à marcher avec elles jusqu'aux autobus. Puis il marche hâtivement chez sa tante. Sur sa galerie, Madouesse le guette, puis descend à sa rencontre avec son grand sac à dos.

—Pas de devoirs ni de besognes, Benoît. Faut consacrer le plus de temps possible à aider notre petit peuple. J'ai de l'eau, des collations et des pansements, car nous ne savons pas ce qui nous attend.

—Laissez-moi porter votre sac, ma tante.

Rendus au bosquet de la grande levée, ils pénètrent l'enceinte de peupliers aux feuilles nouvelles. Les arbres ne les dissimulent pas suffisamment. Afin d'être mieux cachés des gens en VTT, Benoît et

Madouesse s'assoient sur un vieil arbre tombé où ils sont entourés de buissons déjà touffus. Ils y mangent leur collation en guettant la levée.

Vital arrive, accompagné des jumeaux blonds, Victor et Vincent, puis un nouveau aux cheveux bruns. Vital présente ce dernier, leur frère benjamin, Valentin. Ils sont tous vêtus d'une cape à capuchon, d'une longue chemise et de pantalons jusqu'aux genoux, tout en brun. Ils se placent en rangée à côté de l'entrée du bosquet. Puis, la majestueuse Nadège fait sa grande entrée. Même en robe brun terne, elle est resplendissante.

Le brun doit être la couleur qu'ils portent pour le deuil. Aux funérailles de grand-père Gaudet, tout le monde était habillé en noir. Porter le brun fait du sens pour un enterrement, puisqu'on place les morts dans la terre.

– Merci de nous rejoindre. Désormais, mon fils Valmont, ainsi que mes neveux Tilmon, Sifroi et Urbain vivront toujours dans nos cœurs, dit-elle.

Benoît et Madouesse hochent la tête.

Pendant un moment de silence, les yeux de Nadège et de ses fils s'embuent de larmes.

Benoît ne sait pas quoi dire. Sa tante prend la parole.

– Mes sincères condoléances, dit Madouesse.

Dame Nadège tamponne ses larmes avec un mouchoir minuscule. Ses fils prennent le revers de leurs manches pour en faire autant.

– Nous vous remercions, dit Nadège en reniflant.

−Qu'est-ce qui a causé leur décès? ose demander Madouesse.

−Nous ne le saurons jamais, répond la dame, d'une voix tremblante.

Benoît et Madouesse se retiennent de poser d'autres questions.

−Depuis l'*empremier,* nous courons le risque d'être dévorés par les rats musqués, les renards, les hiboux et les faucons des marais. Mais de nos jours, ce sont surtout les machines à quatre roues qui peuvent nous *estropier* ou nous tuer, sans même que les conducteurs s'en rendent compte.

Les quatre jeunes ont-ils été tués par un VTT?

La mère angoissée fait une pause avant de continuer.

−Il n'y a point de jeunes femmes ici. Nos regrettés sont partis chercher des épouses, s'il en reste dans les anciens domaines de l'Acadie. Il faut poursuivre leur quête parce que sans épouses pour nos jeunes hommes, nous allons disparaître comme peuple pour toujours.

Ses beaux yeux gris s'embuent de larmes à nouveau.

−Mais nous ne pouvons point risquer de perdre d'autres jeunes hommes.

−Comment pouvons-nous vous aider? demande Madouesse, doucement.

−Nos jeunes ont besoin de votre protection pour accomplir cette quête. Dame Nadège prend un grand souffle. Auriez-vous la charité de les accompagner sur les grandes routes?

–Je ferai tout mon possible pour sauver votre peuple, chère dame, dit Madouesse.

–Moi aussi, renchérit Benoît.

Les petits visages attristés sourient un peu.

–Mon peuple n'a jamais *travelé* en char à moteur. Pour être certaine que ce moyen de transport ne les rende point malades, j'aimerais faire un essai aujourd'hui. Pourriez-vous emmener mes fils dans votre sac de *travelage* jusqu'à votre char et les conduire au petit aboiteau de l'Anse-des-Cormiers.

–Avec grand plaisir, Dame Nadège, répond Madouesse.

–Vital et moi, nous vous rejoindrons là-bas.

Benoît ouvre le sac à dos. Les petits hommes grimpent à l'intérieur et s'assoient. Avec précaution, Benoît ajuste le sac à son dos, prenant soin de le laisser à moitié ouvert afin que les petits êtres puissent respirer. Ils pèsent moins qu'un sac de pommes. Sourcils froncés, Dame Nadège les regarde partir sur le sentier de la levée, puis elle s'esquive au trou de marmotte avec Vital.

Au cours de cette première mission, la tante et le neveu n'échangent pas un mot. Ils sont à l'écoute des jeunes hommes, au cas où ils seraient malades. Ceux-ci ne font aucun son et aucun mouvement.

J'espère qu'ils ne sont pas morts de peur!

Avant de s'installer dans la voiture, Benoît jette un coup d'œil à l'intérieur du sac. Trois petits visages se tournent vers lui, les yeux refermés à la lumière soudaine du soleil, puis ils lui sourient. Il fait signe à sa tante que les petits sont bien. Il ouvre la portière et il s'assoit sur le siège, le sac sur les genoux.

Lorsque Madouesse démarre la voiture, un petit cri d'effroi se fait entendre. Benoît ouvre le sac. Valentin est debout, apeuré.

–C'est rien que le son du moteur, Valentin. On sera à l'aboiteau dans quelques minutes.

Le visage blême, Valentin se rassoit. Benoît ne peut plus se retenir de leur poser la question qui le ronge.

–Quel est le nom de votre peuple?

–On n'a point la permission de vous le dire, répond Vincent.

Benoît regrette de les avoir mis mal à l'aise.

Au marais des Landry, Madouesse stationne sa voiture sur le bord du chemin.

–Mon frère Édouard travaillait à la ferme des Landry, entre autres. Après le décès de notre père, je suis partie enseigner à Fredericton et ton grand-père a poursuivi ses études au Québec. Édouard a toujours voulu rester ici.

–On m'a dit qu'il est décédé avant ma naissance.

–Oui. Sais-tu, tu lui ressembles un peu avec tes doux yeux bruns. Pauvre Édouard, il travaillait dur pour peu d'argent. Il n'a jamais eu une amie de cœur et il vivait seul dans sa petite roulotte.

Doux yeux bruns… Moi? Un compliment de Madouesse?

Du sac à dos toujours à moitié ouvert on entend Valentin qui laisse échapper :

– Ma mère aimait Édouard et lui aussi l'aimait !

Vincent donne un coup de coude à Valentin.

– Qu'est-ce que tu dis là ? Mon frère connaissait Dame Nadège ? Et ils s'aimaient ?

– Notre mère vous en parlera en temps et lieu, affirme Victor.

– Mon doux de la vie ! Édouard ne m'a jamais rien dit !

– Lui aussi avait un secret, ma tante.

– Je n'en reviens pas ! Il avait une petite amie et c'était Dame Nadège ! Mon cher frère si doux et si bon avait un secret plus extraordinaire que le mien !

Chapitre 13

Valentin et le chien

Benoît et sa grand-tante marchent jusqu'au pré et déposent leurs sacs de l'autre bord d'une clôture. Madouesse écarte deux fils barbelés de la clôture et se penche pour passer dans l'ouverture.

– On a le droit de passer, ma Tante ?

– Ne t'inquiète pas. Tout le monde me connaît ici.

Benoît va pour se pencher et passer par l'ouverture lui aussi, mais un grand chien arrive à ses trousses et commence à japper. Madouesse crie à l'homme dans la cour à côté.

– Fred ! Appelle ton chien !

– Bunker ! hurle l'homme à son chien.

Le doberman aboie une dernière fois avant d'aller rejoindre son maître.

– Allez-y ! crie Fred. Bunker vous achalera plus ! Je l'*amarre* !

– Merci Fred ! crie Madouesse.

– Ne vous inquiétez pas, dit Benoît aux petits dans le sac. Le monsieur vient d'attacher son chien.

Ce chien aurait pu les manger. C'est peut-être lui qui a dévoré les quatre autres jeunes !

Au petit aboiteau de l'Anse-des-Cormiers, il semble n'y avoir personne.

– Nous sommes ici !

C'est la voix de Dame Nadège. Puisqu'ils sont tous vêtus en brun, Vital et sa mère sont bien camouflés à la lisière du canal, entre la boue et la vieille herbe.

Benoît ouvre le sac afin que les jeunes hommes sortent. De toute évidence, ils n'ont pas été malades durant le trajet. Joyeux d'avoir survécu au voyage, Valentin se jette par terre en riant, roule jusqu'au pied de la levée, et crie à Benoît : « Encore ! »

Tout à coup, Bunker surgit de l'autre bord de la levée, traînant derrière lui sa laisse cassée. Il s'empare de Valentin et s'enfuit à toute vitesse avec le petit dans ses mâchoires. Dame Nadège hurle d'effroi. Benoît se munit d'une branche et part à courir de toutes ses forces pour sauver Valentin.

Plus loin, le chien s'arrête et s'accroupit dans l'herbe comme s'il était en train de croquer Valentin ! Quand Bunker se relève, il n'a plus rien dans la gueule ! Le chien monte sur la digue et dévale l'autre côté. Horrifié, Benoît sent monter en lui-même une force qui le propulse rapidement vers l'endroit où Bunker s'est accroupi.

Une fois sur place, il ne repère pas de petit corps meurtri. Il scrute les alentours, puis monte sur la digue. Là-haut, il voit le chien qui retourne chez lui, la gueule vide, sans indice de son acte meurtrier.

Ah non! Il l'a dévoré! C'est terrible! Pauvre petit Valentin!

En état de choc, Benoît rejoint les autres.

À l'annonce de la mort de Valentin, Dame Nadège crie et sanglote en disant, «Non! Mon Valentin! Mon Ti-Tin-Tin! Non, non, non!» Les frères se lamentent et tournoient autour d'elle. Madouesse et Benoît se mettent à pleurer avec eux.

Au-dessus des pleurs, Benoît entend «Flac!», suivi de «Flicflac, flicflac» venant de l'aboiteau.

–Va... Valentin? dit-il.

Son cœur battant la chamade, Benoît court jusqu'à l'aboiteau. Il va pour regarder à l'intérieur, mais il glisse dans la vase et se cogne la tête sur l'ouverture de l'aboiteau. Il se relève étourdi, se frotte le front et regarde à nouveau dans l'ouverture. Il voit Valentin qui titube dans le filet d'eau.

–C'est Valentin! s'écrie Benoît.

Madouesse, Nadège et ses autres fils les rejoignent.

À l'entrée de l'aboiteau, Dame Nadège pleure de joie et serre son plus jeune fils, rescapé des crocs du doberman.

–Mon Valentin, mon cœur! T'es vivant!

Ses frères le serrent à leur tour.

– Échapper à cette bête à grandes dents n'était point aisé. Je suis fier de toi, lui dit Vital.

– Tu n'étais pas prudent. Nous avons failli te perdre, lui reproche Victor.

– T'as eu un voyage plus aventureux que nous autres dans la *goule* du chien, taquine Vincent.

– Comment avez-vous pu sortir de sa gueule ? demande Benoît.

Les cheveux en broussailles, Valentin sourit d'une oreille à l'autre.

– Quand le chien courait, j'ai pris une poignée de *poudre d'atchoum* de ma poche, puis je l'ai fourrée droit dans ses narines, pis il a éternué tout de suite. Pis là, ça m'a *garroché* de sa *goule* pis j'ai *halé* de là. Après ses éternuements, il m'a poursuivi, enragé comme un blé d'Inde. J'ai juste eu le temps de sauter dans le vieux tunnel avant que le chien fourre son museau dans le trou. En arrivant icitte, je m'ai garroché trop fort dans la chute d'urgence pis j'ai cogné ma *caboche* en tombant dans l'aboiteau.

– Cher Valentin, tu y as échappé belle, susurre sa mère.

– Point de blessures non plus ! Point de morsures de chien ni de *grafignures* de ses grandes griffes, se vante Valentin. C'est *yinque* le bois de la dalle qui m'a fait mal, dit-il en plaçant sa main sur sa tête.

– Mais Valentin, dit Dame Nadège en lui touchant légèrement la tête, ta bosse est déjà grosse. Faut mettre des « herbages » dessus.

—Ma bosse n'est point si grosse que la sienne, dit Valentin en désignant Benoît. Lui itou a cogné sa caboche.

—Benoît! s'énerve Madouesse, qu'est-ce qui t'est arrivé au front?

Benoît touche son front. Il est surpris par la douleur et par la grosseur de la bosse.

—Faut s'en aller mettre de la glace sur ça. Tu as déjà eu un coup à la tête avec ton accident, insiste sa tante. Faudra peut-être que tu retournes à l'hôpital.

—Vous avez raison, Madeleine, renchérit Dame Nadège. Nous n'avons point assez d'herbages pour couvrir sa grosse bosse. Mille mercis de partir à la rescousse de Valentin, Benoît. Et merci à vous deux pour l'essai. Les Aînés seront *bénaises* d'apprendre que votre sac de travelage et votre char à moteur n'ont point causé de malaise aux jeunes. Nous pourrons donc traveler en sécurité et en confort. Mais avant de procéder avec la quête, nous devons obtenir l'approbation des Aînés. Je suis certaine qu'ils diront oui. Pour leur réponse, pourriez-vous vous rendre aux peupliers sur la levée près de chez vous, demain?

—Bien sûr. Où allons-nous voyager exactement? demande Madouesse.

—Je ne peux point vous le dire sans l'approbation des Aînés, mais c'est près de la baie de Fundy.

—C'est important que Benoît vous accompagne pour cette quête. Est-ce possible?

—Ça dépend de ses parents. Pour les grandes distances, la fin juin est préférable. N'est-ce pas Benoît ? Pendant tes vacances d'été, je peux te créer un emploi chez moi pour qu'on puisse voyager souvent.

– Oui, ma tante. Pendant tout l'été, si vous voulez.

– Nous sommes bénaises, dit Dame Nadège, soulagée. Ces nouvelles m'aideront à convaincre les Aînés de mon plan. Astheure, Madeleine, nous devons soigner nos jeunes. À la revoyure.

– À la revoyure, répondent Madouesse et Benoît.

– À la revoyure, répondent les frères.

Avec tendresse, Dame Nadège prend la main de Valentin et ensemble, tous les petits se dirigent vers le trou de marmotte dans la levée.

Benoît et Madouesse prennent le chemin du retour, ne pensant plus à la chaleur écrasante ni à leur fatigue.

– Ta bosse doit faire mal.

– Un peu. Ça veut dire quoi bénaise ?

– Le vieux mot français pour content. J'ai été élevé dans cette langue franco-acadienne, qui n'est pas le *chiac*, ni le *franglais*, que nous entendons de nos jours. Quel plaisir d'entendre les petits parler la langue de mon enfance !

– S'il vous plaît, apprenez-moi ces vieux mots pour que je puisse les comprendre.

Madouesse touche la clôture et prononce, « *la bouchure.* »

—*La bouchure*, répète son petit-neveu.

—Benoît, il y a un tas de questions qui me font *jongler* à propos de ce petit peuple, comme leur amitié avec Édouard. J'espère que nous pourrons nous *émoyer* davantage demain. *Le temps me dure*! lance-t-elle.

Devinant l'usage des vieilles expressions, il répond avec un accent acadien.

—Ouais, moi itou!

Madouesse et Benoît sourient, enhardis par leur après-midi mouvementé.

Chapitre 14

L'approbation des Aînés

Après une semaine de récréations sans les Détraqués, Benoît a enfin réussi à s'intégrer au ballon-panier et au soccer, sans être toujours le dernier choisi et la cible de moqueries et de harcèlement. Ce vendredi, Benoît se rend chez Madouesse en courant.

– Il te reste seulement un bleu sur le front, Benoît. Je suis bénaise que tu n'aies pas eu de commotion cérébrale. Tu as donc hérité la caboche dure des Gaudet.

– Faut la caboche dure pour sauver le petit peuple des marais, plaisante Benoît.

– C'est vrai, dit-elle avec un sourire. Allons-y !

En marchant sur la levée, ils aperçoivent deux marmottes qui s'engouffrent dans les buissons autour des peupliers. Dans l'enceinte des arbustes et des peupliers, Vital les attend avec un petit homme barbichu. Ses cheveux blonds comme du foin ont une mèche de cheveux blancs sur un côté. Ses yeux semblent changer de couleur allant du bleu et au vert. «Des yeux *pers*. On dirait des yeux de caméléon», se dit Benoît.

–Je vous présente mon grand-père Gabriel, Maître de l'Académie, dit Vital.

–Bonjour Maître Gabriel, lui dit Madouesse.

–Bonjour Mme Madeleine, sœur de mon grand ami Édouard.

–Vous avez connu mon frère! Il ne m'a jamais parlé de vous... dit-elle.

–Édouard savait bien garder des secrets. Et j'estime que sa famille puisse en garder pareillement. En dehors de la classe, on m'appelle Gabi et vous le pouvez aussi.

–Il y a si longtemps que j'ai entendu quelqu'un parler d'Édouard! Ça fait du bien d'entendre son nom et d'apprendre qu'il avait des amis. Je... je l'aimais beaucoup, murmure Madouesse.

–Édouard vous aimait grandement aussi, dit-il doucement. Vous étiez comme une mère pour lui.

Madouesse sourit tristement.

Gabi s'approche de Benoît.

–Tu es sans doute le petit-neveu de notre cher Édouard. Tu lui ressembles.

–J'aurais aimé le connaître, avoue Benoît.

–Ça me ferait plaisir de vous parler d'Édouard, mais point tout de suite, il faut rejoindre les autres. Ils nous attendent au-delà du logis de ma bru Nadège, à notre campement de pêche. Auriez-vous la bonté de nous y emmener dans votre sac de travelage?

–Nous sommes à votre service, répond Madouesse.

Les poissons doivent être trop lourds à pêcher pour ces petits. Je pourrai les aider.

Ils déposent leurs sacs à dos par terre puis les petits hommes entrent dans les sacs et en sortent la tête.

–Ne marche point vite, s'il te plaît, dit le petit maître avant de rentrer sa tête.

Benoît ferme le sac soigneusement. Rendus dans la cour chez Madouesse, ils déposent les sacs sur le siège de la voiture. Les petits ressortent la tête, intéressés par l'intérieur du véhicule.

–Je me sens comme un enfant, avoue Gabi. C'est la première fois que je me promène dans un char à moteur.

–Moi itou, ajoute Vital.

Après une dizaine de minutes à rouler sur la route, Madouesse gare la voiture et tourne dans un cul-de-sac. Ils marchent sur un sentier qui mène à une nuée de brume entre le bois et le marais. En pénétrant la brume, le long de la berge du ruisseau vaseux, ils distinguent cinq minuscules jeunes hommes, dont les frères de Vital. Tous sont vêtus de chemises et de pantalons bruns, leur période de deuil n'étant pas terminée. Leurs capes grises dans le dos serviront à les camoufler en cas de danger.

Chaque jeune tient une tige de paille qui ressemble à un tuyau dans leurs mains menues. Ils enfoncent leurs tiges de paille dans la vase, aspirent le bout à l'air, puis ils retirent les pailles. Ensuite, ils soufflent, toujours dans le bout propre, pour évacuer la vase. Chacun examine son échantillon de vase pour re-pêcher de minuscules créatures qu'ils lancent dans leurs paniers.

À la lisière de l'herbe et de la vase, Dame Nadège est assise avec un autre homme blond à mèche blanche et aux yeux pers, qui ressemble à Gabi, sauf qu'il est musclé et moustachu. La petite les salue en hochant la tête. L'homme aide Dame Nadège à se lever.

–Je vous présente mon frère Guillaume, dit Gabi.

–Bénaise de vous rencontrer, dit Guillaume en offrant sa main.

Benoît et Madouesse lui disent bonjour en lui of-frant le petit doigt qu'il empoigne de sa toute petite main.

–Vous pouvez m'appeler Gui comme le faisait Édouard, dit-il plein d'entrain. Bienvenue à notre campement. Assoyez-vous pour notre pique-nique.

Gui désigne les jeunes.

–Ils font la pêche aux crevettes de vase.

–C'est impressionnant! Avec vos pailles, vous imi-tez les bécasseaux semi-palmés, qui plongent leurs longs becs fins dans la vase pour pêcher des crevettes fouineuses, déduit Madouesse.

–Nous pêchons moins de crevettes que ces grands gourmands plumés, admet Gui.

Enthousiasmée, Madouesse renseigne Benoît.

–En août, des milliers de bécasseaux arrivent sur les berges des rivières de la baie de Fundy et de la côte du Maine pour manger les petites crevettes uniques à cette région. Ces crevettes sont appelées «corophies». Ici, pendant le seul arrêt de leur grand voyage de l'Arctique à l'Amérique du Sud, les bécasseaux s'empiffrent et s'engraissent pendant deux semaines avant de continuer vers le sud.

–Pas étonnant qu'ils sont affamés lorsqu'ils font escale ici, conclut Gabi. Heureux que vous nous renseigniez sur les merveilleux exploits de ses oiseaux migrateurs. On voit bien que vous étiez maîtresse d'école.

–Leur vol est de toute beauté comme une grande valse dans les airs, ajoute Dame Nadège.

Les pêcheurs les rejoignent.

–La pêche est bonne, Ubald? demande Gui.

–Ouais, mais point pour Ulysse et Valentin. Ils ont pêché plus de vase que de crevettes!

Cette réponse en fait rire plusieurs, y compris Ulysse et Valentin.

Sur une nappe de jute étendue devant eux, les pêcheurs déposent leurs paniers de crevettes petites comme des grains de riz.

Deux jeunes aux cheveux ébène arrivent au campement.

–Et voici nos *chasseux*, Sam et Simon, dit Gui.

Ceux-ci déposent des sacs débordants d'insectes sur la nappe.

−Votre grand-père va-t-il se joindre à nous? demande Gabi.

Pour toute réponse, les deux chasseurs haussent les épaules.

Gui invite Benoît et Madouesse à manger les insectes et les crevettes.

−Euh, non merci, répond Benoît, gêné.

−S'il vous plaît, pardonnez-nous notre impolitesse, dit Madouesse, hésitante. Nous ne mangeons pas d'insectes et nous préférons des crevettes cuites. J'espère que nous ne vous offensons pas.

−Nos mets vous font *zire*? Vous pensez que vos poutines râpées sont mieux? rétorque Gui.

Il y a un moment de silence lourd.

-Vous connaissez nos poutines râpées? dit enfin Madouesse. Je les aime moi, mais c'est vrai qu'elles ne paraissent pas appétissantes, vu leur aspect grisâtre et gluant.

−Un jour, on devrait faire un échange de mets zirable*s*, taquine Gui, pour voir lequel fait le plus *zire*.

Les petits, sauf Gabi et Dame Nadège, s'esclaffent avec une cascade de rires fluets.

Madouesse et Benoît pouffent à leur tour.

−Ça fait des siècles que nous connaissons vos mets, révèle Gabi.

−Des centaines d'années! s'exclame Benoît.

−Mon doux de la vie, dites-nous qui vous êtes s'il

vous plaît, supplie Madouesse.

Gabi prend une grande inspiration avant de leur poser une question.

—Promettez-vous de garder notre existence secrète pour toujours?

—Oui, répondent solennellement Benoît et sa grand-tante.

Les Aînés échangent des regards.

—Nous vous croyons, affirme Gui. Nous préférons faire confiance aux personnes solitaires parce qu'elles sont les meilleures à garder notre existence secrète pour la vie, comme le regretté Édouard. Selon nos *émoyeux*, vous êtes plus ou moins solitaires. Mais faut attendre Geoffroi avant de dévoiler le nom de notre peuple.

—Notre frère ne veut point avoir à faire avec les grandes personnes depuis que sa douce Judith a été tuée, ajoute Gabi.

—Cette fois, il m'a promis qu'il viendrait parce que Lili et moi, nous avons un rêve doublé à vous conter, annonce Gui.

—Un rêve doublé! Ça fait si longtemps depuis que les Aînés en ont eu! s'exclame Gabi. J'espère que ce n'était pas un cauchemar.

—Pas sûr, mais faut agir vite, réplique Gui.

—Est-ce qu'il y avait du rouge? demande Dame Nadège d'une voix à peine audible.

—Ouais, malheureusement, Nadège, répond Gui, doucement.

La dame recouvre sa bouche de ses mains fines.

En voyant la réaction de Dame Nagège, Madouesse ose demander :

– Qu'est-ce qu'un rêve doublé ?

– C'est lorsque deux personnes partagent le même rêve en même temps. Quand ça se produit, nous devons obéir aux messages du rêve, explique Gui.

– V'là Pépére Geoffroi ! annonce Simon.

Dans l'herbe, ils distinguent le dos d'une marmotte qui court vers eux. En sortant de l'herbe, il est déjà mué en petit homme barbu et trapu. Comme ses vieux frères, il a les yeux pers et les cheveux blonds, une mèche blanche d'un côté.

– Ah, Geoffroi ! C'est si bon de te revoir parmi nous, lui dit Gabi.

Gui présente Geoffroi à Madouesse et Benoît. Geoffroi leur grommelle « bonjour » tout bas en regardant au sol et il s'assoit brusquement.

Gui et Gabi font signe de tête à Geoffroi. Tous les yeux se rivent sur lui.

– J'ai toujours eu pour mon dire que les grands nous ont fait plus de mal que de bien, grogne-t-il. Combien de fois qu'ils nous ont fait accroire qu'ils pouvaient nous protéger ? Comme le protecteur qui accompagnait ma Judith, le jour que…

Il ferme les yeux, baisse la tête et prend une grande inspiration avant de continuer.

– Je n'allais pas venir aujourd'hui, mais quand Gui

m'a dit que vous étiez parenté à Édouard, le meilleur protecteur que nous ayons eu dans ce domaine, ça m'a fait jongler... Je vous donne mon approbation en espérant que vous avez un brin de sa *jarnigouenne*.

Dame Nadège soupire de soulagement. Les autres sourient.

Gabi s'adresse à Benoît et Madouesse.

– Vous avez maintenant l'approbation de tous les Aînés : celle de nous trois, celle de Liliane, l'épouse de Gui, et celle de mon épouse, Isabelle. Elles sont restées aux logis. Au printemps, c'est dangereux de se promener dans les prés et nous ne voulons pas risquer de perdre nos épouses.

Gui s'adresse aux deux êtres humains.

– À la mémoire honorable de notre loyal protecteur, le regretté Édouard, nous promettez-vous de protéger notre peuple du danger et de ne jamais parler de nous ?

– Oui, en honneur de mon cher frère, je vous le promets.

– Oui, en honneur de mon grand-oncle, je vous le promets.

– Bienvenue parmi nous, Madeleine et Benoît, dit Gui. Il y a un *élan* que nous attendions un nouveau protecteur et voilà que nous en avons deux, ce qui est encore mieux. Nous en sommes grandement bénaises.

Tous les petits êtres féériques et mystérieux applaudissent, sauf Geoffroi.

Chapitre 15

Le nom du petit peuple

Gabi ajuste sa chemise, se mouille les lèvres et prend une grande inspiration avant sa présentation sur l'identité des petits êtres.

– D'abord, c'est important de vous apprendre les faits historiques qui ont mené à la naissance de notre peuple.

– Pardon Gabi, nous n'avons pas le temps aujourd'hui pour un cours d'histoire, prévient gentiment Gui. S'il te plaît, ta version la plus brève.

Gabi hoche la tête.

– En 1604, le Sieur de Monts et le Sieur de Champlain arrivèrent de la France pour établir une colonie à…

– L'Île Sainte-Croix ! interrompt Madouesse. Aussitôt dit, elle se recouvre la bouche de la main. S'il vous plaît, pardonnez-moi mon réflexe d'institutrice.

– Je comprends, dit Gabi.

–Excusez-moi, Gabi, dit Benoît. Est-ce le même Champlain qui a fondé la ville de Québec?

–Correct! Il a fondé la ville de Québec en 1608. En 1606, nos ancêtres sont arrivés de la France, cachés dans la cale du navire le «Jonas» par leur protecteur, l'avocat et écrivain, Marc Lescarbot. Ce premier protecteur au Nouveau Monde a initié nos ancêtres aux inventions, mœurs et croyances des Mi'kmaq, qu'il admirait beaucoup. Les Anciens en furent tellement enchantés qu'ils décidèrent de rester en Acadie. C'était regrettable que le Grand Marc, si intelligent et si enjoué, ait dû retourner en Fran...

–Tu te laisses emporter, coupe Geoffroi. On n'est point à l'Académie.

–Pardonnez-moi. Je résume. Au début de la colonisation de l'Acadie, il n'y avait pas de femmes françaises. Alors, quelques Français ont épousé des femmes mi'kmaq. Puis, comme eux, les premiers lutins français ont épousé des femmes du petit peuple chez les Mi'kmaq.

–Vous êtes des lutins après tout! s'écrie Madouesse.

–Pas tout à fait, répond Gabi. Attendez que j'explique, Madeleine.

Celle qui me prône que la patience est une vertu est très impatiente quand ça vient au petit peuple!

–Nos ancêtres étaient des lutins, mais en s'unissant au petit peuple mi'kmaq, ils ont mis au monde des enfants sans les oreilles pointues de leurs pères. En fait, nos mères mi'kmaq ont donné naissance à un nouveau peuple. Puis, comme les familles françaises en Acadie se sont nommées « Acadiens », les familles du petit peuple se sont nommées… « Acmaq ».

– Les Acmaq ! Quel bon nom ! s'écrie Madouesse. Les Acmaq ne figurent nulle part dans mes livres sur les petits peuples du monde.

– Et c'est quoi le nom de votre pays ? demande Benoît.

– Eh, bien, l'Acadie ! Les prés, les marais et les aboiteaux de l'ancienne Acadie furent un endroit idéal à vivre pour nous avant la tragédie de 1755, dit Gabi.

– Donc, il y a des Acmaq en Nouvelle-Écosse et à l'Île-du-Prince-Édouard aussi ? demande Madouesse.

– S'il en reste, ils ne sont point nombreux. Depuis soixante ans, nous n'avons point eu de visites ni de nouvelles des Acmaq des autres domaines, renseigne le petit maître Gabi. Alors, je conclus que notre clan va disparaître pour toujours si nous ne trouvons pas d'épouses pour nos jeunes.

– Merci Gabi. C'est pourquoi il faut continuer la recherche de nos semblables, dit Gui.

– Sans votre aide, nous sommes en grand péril, renchérit Nadège, désespérée. Les jeunes ne doivent jamais traveler aux autres domaines sans protect…

– Conte-nous ton rêve doublé, Gui, tranche Geoffroi rudement.

– Il ne faut point perdre espoir chère Nadège, lui dit tendrement Gui. Fais-nous confiance.

Gui fusille Geoffroi du regard avant de faire son rapport.

– Notre rêve doublé s'est déroulé dans le domaine natal de Lili. C'est la première fois depuis le Grand Dérangement que nous recevions un message de Chipoudie. Comme vous le savez, ce domaine fut abandonné lorsque les Acadiens ont fui les dernières attaques des Habits Rouges et des Habits Bleus en 1758.

Chuchotant à Benoît, Madouesse dit : « Les soldats avec l'uniforme rouge représentaient l'Angleterre et ceux avec l'uniforme bleu venaient de la Nouvelle-Angleterre. »

– Silence ! Je n'entends pas Gui, réprimande Geoffroi.

– Pardon, dit Madouesse, rougissant.

– La première image était une vue de très haut, poursuit Gui. Nous survolions les anciennes terres acadiennes de Cap Enragé, les prés de Chipoudie près de la montagne et jusqu'aux prés de Cap des Demoiselles. Au lieu des chaumières et des charrues des anciens Acadiens, il y avait des logis et des chars à moteur.

Gui regarde Dame Nadège avant de poursuivre.

– La deuxième image était sombre avec de petites taches rougeâtres sur la paroi d'une caverne. La troisième était dans la noirceur. Par terre, on voyait la silhouette d'une personne ou d'une bête couchée. Lili et moi, on s'est réveillé avec le sentiment qu'il faut s'émoyer dans les prés de Chipoudie au plus vite !

– Pensez-vous que la personne ou la bête était un Acmaq ? demande Gabi.

–On ne le sait point, répond Gui.

–Des taches rouges? demande Dame Nadège, craintive. Du sang?

–Ouais, ça se peut, réplique Gui, gravement.

–C'est de mauvais augure, conclut-elle, angoissée.

–Arrête de t'apeurer pour le rouge! gronde Geoffroi. C'est par ta très grande faute que cette couleur te porte malheur.

Le visage de Nadège se crispe de douleur. Gabi met sa main sur l'épaule de sa bru.

–Geoffroi! rugit Gui. *Assape*-toi!

Madouesse et Benoît sursautent.

Benoît chuchote à Madouesse: «C'est urgent. Nous ne pouvons pas attendre l'été pour les aider. Allons-y demain, samedi. Faut trouver un prétexte pour que je vous accompagne en voyage. Mes parents ne pourront pas vous refuser parce que vous leur rendez le service de garder leur fils… » dit-il, avec un petit sourire de connivence.

Elle lui sourit et dit à voix basse, «T'as raison.» Ensuite Madouesse s'adresse à Gui.

–Je peux vous conduire à Chipoudie demain et je suis certaine que les parents de Benoît lui permettront de m'accompagner.

–Merci, les amis, dit Gui, soulagé.

–Qui sont les élus, Gui? demande Gabi.

–Je sais que tu veux y aller Gabi, mais le rêve dicta

que Vital, Simon, Lili et moi serions les émoyeux.

–Point mon Simon! ronchonne Geoffroi. Mon petit-fils est mon bras droit!

–C'est pour son bien et celui de nous tous à la longue! Gui se calme avant de poursuivre. Voyons Geoffroi, tu sais que nous n'avons pas de choix, astheure.

–Ouais, avoue Geoffroi, en se passant la main dans la barbe. Mais si quelque chose lui arrive, Gui, je te pardonnerai jamais!

–Comme tu n'as jamais pardonné à Nadège, rétorque Gui. Arrête de te *regricher*. Cette fois, ça sera moins dangereux avec deux protecteurs pour veiller sur nous.

Gui se tourne vers Madouesse.

–Tu te souviens de l'aboiteau des Boudreau sur la rivière Petitcodiac?

–Bien sûr, c'est là que j'ai vu Dame Nadège dans ma jeunesse.

–C'est bon. Demain, rejoignez-nous en passant sur la levée près du pont de Boudreau Village. Soyez prudents. Il y aura des chars sur la route tout près, et peut-être des pêcheurs aux quais. Marchez jusqu'aux arbres. Nous serons là.

–Quand?

–À la *barre du jour*.

–Nous y serons, confirme Madouesse. Astheure, nous devons vous quitter. La mère de Benoît va bientôt retourner. À la revoyure!

Une cacophonie de «À la revoyure!» s'élève.

Les protecteurs marchent en silence vers la voiture, chacun digérant leurs nouvelles connaissances et réfléchissant à leur nouveau rôle de protecteurs d'un petit peuple extrêmement rare en danger de disparaître pour toujours: les Acmaq!

Chapitre 16

Les logis de la Petitcodiac

–Benoît! Réveille-toi!

En ouvrant les yeux, Benoît est désorienté dans la pénombre. Lorsqu'il discerne l'ancienne penderie sous la pente du plafond, il réalise qu'il est chez Madouesse. Il sourit en se souvenant de la veille.

Le prétexte pour notre voyage à Chipoudie était facile à trouver. J'ai choisi les Rochers Hopewell pour mon projet de Sciences humaines. Vrai. Ma tante a dit à mes parents qu'il y a longtemps depuis sa dernière visite au Centre Éducatif des Rochers Hopewell et que ça lui ferait plaisir d'y aller avec moi. Vrai. Puis ma tante a insisté auprès de mes parents pour que je dorme chez elle, afin de ne pas les réveiller tôt le samedi. Vrai. Alors nous n'avons pas exactement menti…

À moitié éveillé, Benoît descend à la cuisine, où sa grand-tante prépare des crêpes.

–Des crêpes au sarrasin et de la mélasse, comme on mangeait à la ferme. On se levait toujours avant l'aurore. Mes frères devaient aider notre père à traire les vaches et nourrir les animaux avant d'aller à l'école. Pendant ce temps, je faisais un feu dans le poêle à bois pour réchauffer la maison et faire cuire notre déjeuner.

– Mais il fait encore noir, dit Benoît, nous allons arriver avant le temps...

– Tu verras qu'au cours de notre repas, il commencera à faire jour. Nous devons maximiser notre temps avec les Acmaq. Notre quête pourrait prendre longtemps.

Benoît, qui n'a jamais goûté des crêpes au sarrasin, y ajoute un peu plus de mélasse avant d'y goûter.

– C'est bon, ma tante.

– Dans ma jeunesse, nous mangions des crêpes au sarrasin pour le souper aussi. Notre seul dessert de la semaine était du pain et de la mélasse. Mon père ne voulait pas que je fasse de gâteaux ou de biscuits, parce que le sucre coûtait trop cher.

– Vous aviez la vie dure.

– Ce n'est pas le manque d'argent qui nous rendait la vie dure, mais le manque d'affection de notre père depuis la mort de notre chère mère. Puis Édouard, timide et solitaire comme il était, a eu la vie plus difficile que ton grand-père ou moi. Tu ne peux pas savoir à quel point ça me réconforte que les Acmaq étaient les amis d'Édouard.

Madouesse fixe son assiette un moment, puis, la larme à l'œil, elle regarde Benoît.

–Édouard était tranquille et sensible aux besoins des autres, dit-elle lentement, un peu comme toi.

Ce commentaire plaît à Benoît.

–Ça devait être malaisé pour mon frère de protéger les Acmaq, avec ses longues heures de travail. En ces temps-là, plus de gens travaillaient dans les marais à faire les foins, maintenir les aboiteaux, pêcher le *poulamon,* puis cueillir la *passe-pierre* et les *tétines de souris.*

–Ma tante, les gens qui vivent près de l'aboiteau des Boudreau vont se demander pourquoi nous sommes sur la levée à l'aube...

–J'y ai pensé. On va emporter des cannes à pêche et faire comme si on allait pêcher le poulamon.

Rassasié, Benoît se table de table et amène son assiette pour la laver dans l'évier.

–Je laverai la vaisselle, Benoît. Va chercher les cannes dans la grange et mets-les dans le coffre de l'auto.

Dans la grange, Benoît décroche les cannes à pêche du mur et ramasse une boîte vide en carton.

Les cannes rangées, Benoît emporte la boîte à la maison.

–Ma tante, pensez-vous que les Acmaq aimeraient mieux s'assoir dans cette boîte au lieu des sacs ? Ils seraient plus à l'aise pour ce premier grand voyage en voiture.

–Bonne idée. On pourrait aussi mettre une serviette pour faire un tapis à l'intérieur. Regarde dans le premier tiroir.

Benoît cherche une serviette d'une belle couleur pour le tapis des Acmaq, mais elles sont soit blanches, beiges ou de couleurs très fades.

Ma tante n'aime pas la couleur. Même les murs et les rideaux de sa maison sont blancs ou beiges et sa voiture est blanche.

***

Madouesse stationne sur le bord de la route, près d'une levée à grande courbe. Benoît scrute la digue, mais ne voit aucun aboiteau.

–Où se trouve l'aboiteau des Boudreau?

–Regarde derrière nous. L'aboiteau est sous le pont, dit Madouesse.

–À marée montante, le clapet de l'aboiteau se ferme, empêchant l'eau salée de pénétrer le marais. À marée descendante, le clapet ouvre et l'eau douce excédante est drainée du marais.

Ils regardent vers la rivière. Au loin, sur l'autre berge, se trouvent deux grandes tours en béton semblables à celles d'un château fort.

–C'est quoi là-bas, ma tante?

–Ces tours sont d'anciens entrepôts de gypse. Dans ma jeunesse, j'imaginais que c'étaient les tours d'un château de prince charmant qui viendrait me secourir de ma vie misérable, comme dans un conte de fées.

Benoît réfléchit.

−Si nous avons découvert un petit peuple comme dans un conte de fées, il est possible que vous trouviez un prince, ma tante, taquine Benoît.

−On dit que tout est possible, mais à mon âge, je n'ai pas besoin de prince, dit-elle en ricanant.

Avec leurs sacs dans le dos et leurs cannes à pêche sur l'épaule, ils poursuivent le trajet vers des arbres au bout de la levée.

-C'est ici que j'ai vu Dame Nadège pour la première fois. Vois-tu le morceau de bois flotté? C'est là que j'ai trouvé les sabots.

Un sifflement familier se fait entendre. Une marmotte surgit derrière eux et trottine à leurs côtés jusqu'aux arbres.

Sous la voûte des arbres se trouvent Vital, Gui et une jolie petite femme rondelette aux doux yeux bleus et aux grands cils noirs. Sa chevelure ébène avec une mèche blanche est attachée en chignon.

−Bonjour Madeleine et Benoît! dit-elle d'une petite voix douce. Je suis Liliane, mais vous pouvez m'appeler Lili.

−Bonjour! Mme Lili, dit Benoît.

−Lili suffit, cher, susurre-t-elle.

−Enchantée de vous rencontrer Lili, dit Madouesse. C'est un honneur pour nous de vous accompagner. Nous pourrons voyager avec deux d'entre vous par sac.

−Lili, embarquons dans celui de Madeleine, décide

Gui. Vital et Sim…

Simon n'est toujours pas transformé de sa forme de marmotte. Gui regarde l'animal.

–C'est point Simon, c'est Geoffroi! révèle Gui.

Sa ruse découverte, Geoffroi se mue en Acmaq.

–C'est moi qui dois y aller, insiste Geoffroi, car je ne veux point risquer de perdre un autre de mes petits-enfants.

–Geoffroi, arrête de faire ton entêté. Tu sais bien qu'il faut respecter ce que le rêve-doublé nous a dicté. Il nous faut Simon pour cette quête! Où est-il?

–Je l'ai enfermé au logis.

–Voyons Geoffroi! lance Gui.

–Je l'ai fait pour le sauver du danger, marmonne Geoffroi.

–Madeleine, allons chercher Simon à l'aboiteau de la chapelle, dit Gui.

Les Acmaq embarquent dans les sacs. À la voiture, les petits passent des sacs à dos à la boîte apportée par Benoît qui la place sur le plancher arrière. Tous les Acmaq, sauf Geoffroi, semblent à leur aise dans la boîte tapissée.

Au volant, Madouesse pointe son menton en direction d'une colline sur laquelle se trouve une maison isolée et délabrée, à côté d'une grange effondrée. Notre ancienne ferme, dit-elle. Après quelques minutes, elle ralentit sa voiture devant un grand aboiteau qui débouche sur le fossé à côté de la route.

– Cet aboiteau-ci ? demande Madouesse.

– Non, plus loin, dit Geoffroi.

– Avant le décès de Judith, tu étais le premier à dire que nos jeunes hommes devaient prendre plus de risques pour apprendre à mieux se défendre dans le monde des grands, lui reproche Gui. Simon est un homme digne de cette mission.

– Mais, c'est point comme avant, il nous en reste si peu des jeunes et nous venons d'en perdre quatre d'un coup, rétorque Geoffroi.

– C'est beaucoup d'un seul coup, mais ce n'est la première fois que cela nous arrive, murmure Lili. C'est plus malaisé de laisser partir Simon parce qu'il ressemble à Pierrot et à Judith, suggère-t-elle avec affection. N'est-ce pas Geoffroi ?

Lili touche le bras de celui-ci et le visage de Geoffroi s'adoucit un peu.

– Pour le bien de tous nos petits-fils, faut s'émoyer du rêve doublé. Les songes nous ont souvent fourni des connaissances importantes, lui rappelle Gui.

– Et cette fois, nos jeunes voyageront en grande sécurité avec deux protecteurs, renchérit Lili.

– Vous avez raison. Simon doit y aller, avoue enfin Geoffroi. Ses parents et mon épouse l'auraient voulu ainsi.

Rendus à l'aboiteau de la chapelle de Beaumont, Madouesse se gare sur le bord de la route. Geoffroi laisse Benoît le soulever de la boîte pour le déposer sur le siège arrière. Il sort de la voiture sous forme de marmotte et court dans le marais jusqu'à la levée près de la route. Il entre dans un trou près de l'aboiteau.

En quelques minutes, un autre siffleux sort du trou et court jusqu'à la portière ouverte. Sautant à quatre pattes, il se transforme en l'air pour atterrir sur deux pieds chaussés de mocassins.

–Permettez-moi de vous placer dans le salon de... travelage, dit Benoît.

Simon sourit en apercevant les autres assis en tout confort dans la boîte tapissée.

Chapitre 17

Les témoins d'une tragédie

Au début du voyage, les Acmaq parlent tout bas entre eux. Les protecteurs ne peuvent pas distinguer les mots. Tout à coup, Madouesse et Benoît entendent un drôle de bruit. Benoît jette un coup d'œil dans la boîte sur le plancher arrière. Les Acmaq font la sieste. Le seul mouvement est celui de la grosse moustache de Gui qui bouge avec ses ronflements.

Après une heure de route, Madouesse arrête sa voiture devant un kiosque d'information touristique au centre du village d'Hillsborough.

–Benoît, chuchote-t-elle, je vais à la toilette. Reste avec les Acmaq.

Elle laisse sa portière entrouverte pour ne pas les réveiller.

Lorsque Madeleine revient à la voiture, elle a des dépliants touristiques en main.

–Ceci peut t'aider avec ton projet, au cas où on manquerait de temps pour visiter les Rochers Hopewell comme il faut. Qui sait combien de temps notre quête à Chipoudie va prendre?

Quand elle referme sa portière, les Acmaq se réveillent.

– On est à Chipoudie? marmonne Gui.

– Pas encore, dit Benoît.

– Êtes-vous bien dans la boîte? demande Madouesse.

– On doit aller au lieu, répond Gui.

– Ne vous inquiétez pas, nous serons bientôt à Chipoudie, affirme-t-elle.

– Point Chipoudie, «aller au lieu», comme aller à la *bécosse*. Pouvez-vous nous emmener près d'une levée, loin des logis?

– Oh, la toilette! On est tout près du chemin du marais.

Benoît sourit à lui-même.

On ne parle pas de ça dans les contes de fées!

Ils passent près des deux grandes tours de béton, le château imaginaire de la jeune Madeleine. Elle gare la voiture près d'une grande digue. Benoît sort ouvrir la portière arrière. Avec délicatesse, il soulève et dépose par terre un Acmaq à la fois, chacun léger comme un chaton. Vital et Simon partent d'un bord. Gui et Lili partent de l'autre. Puis ils se dissimulent dans l'herbe du fossé.

– Moi aussi j'ai envie, ma tante.

Des petits sons bizarres viennent du bord de Lili et Gui.

– Ils sont en train de vomir. Le mal de route, affirme Madouesse.

Benoît file plus loin, hors de la vue de sa grand-tante assise au volant.

En retournant à la voiture, Benoît ne voit pas de Madouesse ni d'Acmaq.

– Ma tante ! Ma tante !

– On est l'autre bord de la levée, répond sa grand-tante, de loin.

Il monte sur la grande levée. Ils sont tous assis dans l'herbe face à la rivière. Le visage blême, Lili et Gui ne semblent pas tout à fait remis du mal de route.

– Ce marais est le champ où la bataille de la Petit-codiac a eu lieu, dit Madouesse.

Soupçonnant une leçon d'histoire, Benoît souhaite qu'elle soit brève pour qu'ils puissent se rendre à Chipoudie sans plus tarder.

– C'est ici, au Village-des-Blanchard qu'en 1755 le capitaine français Boishébert et ses hommes ont réussi à repousser les soldats anglais. Ceux-ci venaient d'incendier des villages acadiens le long de la Petitcodiac et de forcer des Acadiens à monter à bord de navires pour les déporter loin de l'Acadie. Mais les gens d'ici ont pu fuir.

– Je pensais que les Acadiens furent déportés aux États-Unis et qu'après la guerre, ils ont eu la permission de retourner en Acadie, dit Benoît.

– La plupart d'entre eux ont été déportés, dit Madouesse,

mais des centaines d'Acadiens comme nos ancêtres se sont réfugiés en forêt pendant quatre ou cinq ans. Beaucoup sont morts de froid, de faim ou de maladie.

– L'histoire de nos ancêtres est très triste, ma tante.

Gui et Lili, toujours mal à l'aise, échangent un regard.

Madouesse continue sa leçon.

– Presque tous les établissements acadiens furent brûlés. Alors nous avons peu d'information, écrite ou autre, sur la vie des pauvres Acadiens de cette époque. On a surtout des faits militaires écrits par les soldats et les prêtres, puis quelques artéfacts. Nous ne connaîtrons jamais les histoires personnelles de ces familles éprouvées.

– Pardon, Madeleine, dit Gui, mais mon frère Grégoire fut tué lors de la bataille de la Petitcodiac, près de l'île des Jacques, dit-il en pointant du doigt un monticule de terre dans le marais. J'étais avec lui.

Madouesse et Benoît regardent Gui, hébétés.

– Ensemble, on a creusé des tunnels d'ici, dans le pré des Blanchard, jusqu'à l'île des Jacques. Nous avions hâte de construire nos logis de l'autre bord de l'île dans le pré des Léger. La vieille levée et nos tunnels doivent être *embourrés* dans cette levée reconstruite par des machines.

Les protecteurs ne trouvent toujours pas la parole.

– Pendant la bataille, j'étais coincé dans un tunnel. Après l'embuscade et les tueries, j'ai eu le grand malheur de trouver ce qui restait du corps de mon Grégo, à l'entrée du tunnel effondré.

Lili serre le bras de Gui et il continue son récit.

−Mon pauvre frère était fiancé avec Ludivine, la sœur de Lili.

−Ludie et Grégo s'aimaient beaucoup, ajoute Lili larmoyante.

Le couple échange un regard triste et Gui continue son récit.

−Capitaine Boishébert, ses soldats français et des guerriers malécites s'étaient cachés derrière les levées, pour surprendre les soldats anglais. Quelques jeunes cultivateurs acadiens, armés de fourches, se sont cachés à l'orée des bois pour défendre leurs familles en fuite dans la forêt.

Lili prend le relais de son époux.

−Vingt-quatre soldats anglais furent tués et onze furent blessés. Seulement un soldat français fut tué, mais trois Malécites furent blessés. Ce n'était pas glorieux pour eux de tuer autant d'ennemis, mais c'était leur seul moyen de protéger les familles acadiennes, résume Lili.

−Mon doux Gui! Ç'a dû être terrible de trouver le corps de votre frère, dit Madouesse.

Une larme ruisselle sur la joue de Gui jusqu'à sa moustache.

−Mon frérot grégaire me manque toujours, dit-il d'une voix rauque. Ce jour-là, nous étions en route pour Chipoudie où nous allions faire la cour à nos promises, Lili et Ludie.

—J'ai perdu des membres de ma famille à Chipoudie en 1755. Tout comme les autres Acmaq, nous étions aussi témoins des tragédies infligées aux pauvres Acadiens, dit Lili, tristement.

Après un moment de silence respectueux, Madouesse prend la parole.

—Mais quel âge avez-vous?

—J'ai 350 ans et Lili a 348 ans, révèle Gui.

Une fois de plus, les protecteurs sont abasourdis.

—Et les jeunes? demande Benoît.

—Nous avons chacun *nonante*-sept ans, répond Vital.

—Mon doux de la vie! Quatre-vingt-dix-sept ans! s'exclame Madouesse en regardant Vital et Simon. Moi, j'ai soixante-dix ans. Je pensais que vous étiez de jeunes hommes, mais vous êtes plus vieux que moi!

—C'est quand même jeune pour un Acmaq, dit Simon.

—À l'âge de *septante*, vous n'êtes qu'une jeune poulette, Madeleine, taquine Gui.

—Moi, jeune?

—Une jeune poulette! répète Benoît avec un sourire taquin.

—Mon doux! Je suis pas mal grisounnée pour être une jeune poulette!

Tous rient avec Madouesse, sauf Lili.

—Tu es très blême, Lili. Qu'est-ce qu'il y a, chérie?

—Oh Gui, je pressens qu'il faut partir vers Chipoudie au plus vite.

–Allons-y tout de suite! commande Madouesse. C'est moins d'une autre demi-heure de route.

Près de la voiture, Gui s'adresse à Benoît:

–Peux-tu nous mettre sur tes genoux? Voir le paysage autour de Chipoudie pourrait nous aider. Il y a très longtemps que Lili et moi avons mis pied dans son domaine natal.

–Certainement.

Benoît place les Acmaq dans la boîte, il s'assoit sur le siège avant du passager et Madouesse dépose la boîte sur les genoux de son petit-neveu. Les Acmaq se mettent debout en s'agrippant au bord de la boîte, mais ils voient seulement le ciel et les nuages.

Benoît colle ses genoux ensemble et il hausse la boîte lentement afin que les Acmaq puissent mieux voir.

–Essayez de ne pas bouger lorsque nous rencontrerons des passants, leur prévient Madouesse. Comme ça, ils penseront que vous êtes des poupées.

–Ne vous chagrinez point des passants, Madeleine, dit Gui, ça fait depuis l'empremier qu'on se fait passer pour des *catins* et des statues.

Vital et Simon figent en prenant leur pose «catin», avec les sourcils en arc, les yeux écarquillés et un sourire de clown, ce qui fait ricaner les autres malgré leur quête urgente.

Chapitre 18

Le domaine de Chipoudie

La voiture file tout près de la rivière Petitcodiac. Simon pointe du doigt vers l'autre bord de la Petit-codiac.

– Je vois la chapelle de Beaumont près de mon logis ! Puis là, c'est la pointe Rocheuse !

– Ça va si vite en char à moteur, murmure Lili.

Ils aperçoivent le grand panneau touristique des Rochers Hopewell.

– Une grande peinture des rochers de Cap des Demoi-selles ! s'exclame Gui.

– Oh, ça me rappelle des histoires à ma mère. Cap des Demoiselles est un lieu sacré pour les Mi'kmaq, explique Lili aux protecteurs. Ma mère mi'kmaq disait que la grand-mère du légendaire géant Kluskap vit dans une caverne du cap.

– Le long de cette rivière, il y avait des habitations acadiennes bordant les prés, dit Gui. Dans les levées et les aboiteaux, notre peuple a creusé des logis, des tunnels et des abrics pour voyager entre nos domaines. Mais tout a changé au Grand Dérangement. Sans les Acadiens pour maintenir les aboiteaux, nos tunnels s'éboulèrent.

–À Chipoudie, c'est à la fin août 1755 que les soldats anglais nous avaient surpris, dit Lili. Ils ont brûlé les 147 maisons et granges. C'était l'enfer avec la fumée et les flammes de tous les bords.

Elle soupire.

–Terrés dans notre logis, nous entendions les cris et les lamentations des familles qui fuyaient vers la forêt. Quelques femmes et enfants furent capturés et forcés de monter à bord des navires.

Tout doucement, Gui met la main sur l'épaule de Lili.

–Nos protecteurs acadiens avaient plutôt besoin de notre protection pendant le Grand Dérangement, souligne Lili.

Benoît, Madouesse et les Acmaq gardent le silence.

–Voilà la montagne Chipoudie, annonce Lili d'une petite voix enrouée. Sur l'empremier, les chaumières acadiennes au pied de la montagne ne ressemblaient pas du tout à ces logis.

Les protecteurs et les Acmaq filent plus loin sur la route et à la sortie du village de Riverside-Albert, ils descendent la colline vers la croisée de deux chemins dans le grand marais.

–Arrêtez près de la bâtisse, dit Gui.

Madouesse gare sa voiture dans la cour près d'une ancienne banque. Enfin, Benoît se permet de baisser ses jambes endolories.

–Ç'a beaucoup changé, mais le ruisseau est toujours là, observe Gui. Le vieil aboiteau devrait être proche d'icitte, par contre ces levées me semblent trop hautes.

-Les levées ont été refaites avec les bulldozers et les excavateurs des employés du gouvernement, dit Madouesse.

–Ouais, ce n'est point les levées bien bâties des culti-vateurs acadiens qui travaillaient tous ensemble. En découpant la terre vaseuse avec leurs *ferrées*, ils faisaient de belles levées, répond Gui.

–Mon père Éli et ma mère Apiguilu sont arrivés de Port-Royal en 1698 avec le fondateur de Chipoudie, Pierre Thibodeau. C'est ici que mes parents ont établi leur domaine et leur famille. Ils ont eu cinq enfants. Livain, Louis, Laurent, Ludivine et moi.

Gui met le bras autour de l'épaule de Lili et elle prend un grand souffle.

–Mon père fut tué en courant avertir notre protec-teur que des soldats étaient de retour pour capturer les Acadiens cachés dans la forêt. Ils ont dû prendre mon père, mué en siffleux, pour un animal domes-tique, car ils le tuèrent pis aussi un cochon et un veau. Deux hommes acadiens furent tués. Deux garçons, dont notre protecteur, furent capturés. Nous achevions les funérailles de notre père, lorsque Gui est arrivé pour nous annoncer la mort de Grégo.

Gui prend la parole.

–C'était la guerre et je ne pouvais pas attendre pour demander la main de Lili en mariage. Alors, j'ai été voir son frère Livain, dorénavant l'aîné du domaine, pour qu'il nous marie, ce qu'il fit le lendemain avant la barre du jour. Après la courte cérémonie, fallait partir tout de suite, pendant que les soldats dormaient.

–Ludie et les autres ne voulurent point déménager à Memramcook avec nous, dit Lili en essuyant ses yeux. Ils sont restés au foyer paternel, près des braves Acadiens cachés non loin de leurs anciennes terres, dans l'espoir de se reconstruire après la guerre. Mais après la guerre, il ne restait plus d'Acadiens ni d'Acmaq à Chipoudie. Je n'ai jamais revu ni entendu parler de ma famille.

–Chérie, dit Gui tendrement, il ne reste plus rien ici et je ne ressens pas que cet endroit soit relié à notre rêve doublé. Je n'aime point te voir souffrir, on est peut-être mieux de partir.

–Point tout de suite, chéri. Essayez de trouver le site de mon vieux logis. Madeleine, peux-tu rester avec moi, s'il te plaît ? J'ai besoin de m'étendre.

–Bien sûr, Lili.

Benoît dépose les Acmaq sur le plancher de la voiture et il ouvre la portière. En sautant de l'auto, ils se transforment. Les marmottes courent en bondissant dans le marais. Benoît doit courir vite pour les suivre. Rendues à la levée, deux marmottes se séparent et partent d'un bord et de l'autre de l'aboiteau.

Benoît décide de suivre la troisième marmotte qui se dirige droit vers l'aboiteau et qui entre dans la dalle.

Il est trop grand pour suivre l'animal dans ce tunnel de bois, mais il regarde à l'intérieur. Il observe Gui, à nouveau mué en lutin, tâtonner les madriers de bois des murs. Ensuite, l'Acmaq scrute le plafond.

–Il n'y a point de trappe ni de chute d'échappement. Cet aboiteau a été refait, constate Gui.

Il rejoint Benoît à l'ouverture de l'aboiteau. Vital et Simon arrivent sous forme de marmotte, chacun de son bord. Rendus près de Benoît et Gui, ils se muent en petits hommes.

–Je n'ai pas trouvé de tunnel, dit Vital.

–Moi non plus, ajoute Simon.

–Point de chute dans la dalle non plus, leur dit Gui, découragé. Il ne reste rien du vieil aboiteau, ni du logis. Si nous montions dans ton sac de travelage, Benoît, nous pourrions mieux *écornifler* des indices dans le pré. À bord du sac à dos, les Acmaq ouvrent le rabat d'une fente pour scruter le marais, afin de détecter des indices du vieux logis. Après bien du repérage, ils retournent à la voiture, sans succès. Le vieux logis n'est plus là.

Madouesse regarde dans l'arrière de son auto. Benoît ouvre la portière arrière et dépose le sac sur le siège. Les Acmaq haussent le rabat. Tous rivent les yeux sur Lili, couchée dans la boîte sur le plancher.

–Elle vient de s'éveiller en peur, dit Madouesse.

–J'ai rêvé à mes parents, explique Lili. Ils me montraient une caverne des Rochers Hopewell. À l'intérieur, il y avait des taches de sang! Faut y aller au plus vite!

En moins d'une minute, les autres s'installent dans la boîte, Benoît s'assoit à côté, pour garder un œil sur ses amis anxieux et Madouesse démarre sa voiture.

Chapitre 19

La mouffette

Dans le terrain de stationnement aux Rochers Hopewell, on retrouve des voitures de partout en Amérique du Nord, mais surtout du Québec, observe Benoît. Du coup, il réalise qu'il ne s'ennuie plus de sa province natale depuis qu'il a rencontré les Acmaq.

À l'entrée du site naturel touristique, Benoît et sa grand-tante payent chacun son billet et ils échangent un sourire de connivence, puisqu'ils n'achètent pas de billets pour les quatre petites personnes dans leurs sacs. Les protecteurs refusent le service de navette offert aux visiteurs. Avec leur précieuse cargaison sur le dos, ils n'osent pas s'assoir parmi les autres touristes.

Sur le sentier qui mène aux rochers, il y a seulement un visiteur. Il est accompagné d'un chien qui devient excité à l'approche de Madouesse et Benoît. Le fox-terrier flaire le sac de Benoît, puis se met à japper en sautant près de lui. L'homme tire sur la laisse du chien pour le retenir, mais voilà qu'un autre chien file vers eux. Le beagle est plus grand et il n'a pas de laisse.

–Sortons du sentier! lance Madouesse.

Ils bifurquent et se faufilent vivement entre les épinettes, cassant bruyamment des brindilles sur leur passage. Atteignant un autre sentier parallèle au premier, Madouesse hèle une navette. Au moment où le beagle arrive à leurs trousses, ils montent à bord du véhicule, échappant au chien de justesse. Secouée, Madouesse ne s'aperçoit pas qu'un coin du rabat de son sac est relevé, exposant les cheveux de Lili. Discrètement, Benoît allonge le bras et baisse le rabat. Malheureusement, une fillette a tout vu.

–Est-ce que je peux voir votre poupée? demande-t-elle à Madouesse.

–Une femme de mon âge n'a pas de poupée, rétorque Madouesse.

–Vous en avez une dans votre sac, insiste la fillette.

–Chérie, la madame n'a pas de poupée, dit sa mère, gênée.

–Je l'ai vue, Maman!

–Calme-toi. Il ne faut plus déranger la madame.

La fillette se tait, mais elle garde un oeil sur le sac de Madouesse. Près de la falaise, Benoît et sa grand-tante descendent de la navette pour se rendre au belvédère où il n'y a pas de touristes. Devant la vue spectaculaire des Rochers, les protecteurs se tournent le dos, afin que les Acmaq puissent bien épier le paysage.

–Regardez, chuchote Madouesse.

Les Acmaq soulèvent un tout petit peu le rabat de chaque sac à dos.

– On doit descendre sur la grève, dit Lili.

Madouesse et Benoît font la queue derrière les touristes qui se dirigent vers l'escalier menant à la grève. Benoît suit sa grand-tante dans l'escalier grouillant de gens. Sur la grève, Lili dit tout bas, « Prenez à droite. »

Les protecteurs marchent sur la grève pour s'éloigner des touristes accaparés d'appareils photo, d'enfants excités et de chiens curieux qui, heureusement, se tiennent tous près des rochers rongés par les plus hautes marées au monde, celles de la baie de Fundy. À la berge boueuse et cahoteuse de la baie, de minuscules mains haussent légèrement le rabat des sacs. Benoît, Vital et Simon admirent les gros rochers coiffés d'herbe et de conifères.

– Toi aussi t'as des poupées dans ton sac à dos. Je veux voir!

Benoît fige, reconnaissant la voix de la fillette croisée dans la navette.

– Elle nous a vus, chuchote Vital à Benoît. Elle ne te laissera point tranquille. Ouvre ton sac, on est prêts.

Benoît se retourne et avec réticence, pose son sac par terre devant la fillette.

Lorsqu'il ouvre le rabat, les Acmaq sont immobiles comme des sculptures de bois.

La fillette retrousse son nez et regarde Benoît avec pitié.

−Tes poupées sont pas belles avec leurs vieux habits bruns. Merci, quand même.

La fillette court rejoindre sa mère.

Benoît regarde les Acmaq.

−Vous n'avez même pas cligné des yeux ! De vraies statues !

−Elle nous a trouvés laids, dit Vital en pouffant de rire.

−Pis nos *hardes* brunes itou, renchérit Simon en riant.

Benoît est ravi de rire avec eux. Il a l'impression qu'ils vont devenir de bons amis, même s'ils sont extrêmement petits et bien plus vieux que lui.

Du coin de l'œil, il voit sa grand-tante plus loin sur la grève, préoccupée à épier les crevasses dans la falaise.

−Faut courir rattraper les autres. Ça va brasser dans le sac ! avertit Benoît.

En courant, il entend Vital et Simon bondir et rire dans son sac.

Emboîtant le pas avec Madouesse, Benoît entend la voix assourdie de Lili.

−On doit écornifler l'autre bord du cap.

En contournant le cap, il y a seulement trois touristes : un couple d'amoureux qui font des selfies et un homme qui filme les oiseaux survolant la plage. Les protecteurs continuent plus loin.

Prudemment, les Acmaq soulèvent les rabats d'un centimètre.

–Ah, Gui. Nous sommes sur la plage des Demoiselles. C'est près de l'ancien logis du protecteur de, de...

–Qu'est-ce qu'il y a chérie?

Lili frémit.

–Ce qui nous attend est dans un trou au fond de cette caverne, prévient-elle, en montrant du doigt une des cavernes étroites rongées par les marées fortes.

–Allons-y, dit Gui.

–Ohé! crie l'homme qui filmait les oiseaux.

–Il nous filme! avertit Benoît.

Les Acmaq baissent les rabats.

L'homme vise son téléphone vers une volée d'oiseaux.

–Il n'a rien vu, dit Madouesse. Mais faut se méfier de lui.

À l'entrée de la petite caverne, les protecteurs ne voient que la noirceur. Ils aident les Acmaq à sortir du sac.

–Simon, tu vas rester à l'entrée pour guetter le « filmeux », commande Gui.

–Regardez là-haut dans le fond, dans la paroi au-dessus de la saillie, dit Lili.

–C'est le trou comme dans notre rêve, déclare Gui.

–Oh, Gui. Faut être très prudent.

Benoît et Madouesse ne voient rien, n'étant pas *nyctalopes* comme les Acmaq.

−Déposez-nous par terre Madeleine, ordonne Gui.

−La chose nous attend là-dedans, confirme Lili.

−Cachez-vous! Le«filmeux» s'en vient, avertit Simon.

L'homme s'avance vers la caverne, en filmant. Les Acmaq se cachent et les protecteurs sortent affronter l'homme curieux et achalant.

−Fichez-nous la paix, gronde Madouesse, les mains sur les hanches.

−Mais voyons, Madame! J'ai le droit d'entrer. La plage est un endroit public.

−Vous n'avez pas le droit de nous filmer, dit fermement Benoît.

−Ah bon. À voir vos réactions, vous devez cacher quelque chose d'intéressant. Un trésor, peut-être?

Madouesse se hérisse comme un porc-épic et se prépare à lancer des mots piquants, lorsqu'un animal surgit derrière elle. Une mouffette! La bête puante se rue vers le vidéographe qu'elle arrose abondamment. Elle termine avec des jets d'urine sur son téléphone. Insensé et bien arrosé, l'homme déguerpit en hurlant des injures. La mouffette se tourne vers les deux protecteurs qui marchent à reculons de peur de se faire arroser. Ils entendent les Acmaq s'éclater de rire dans l'entrée de la caverne.

−Ouais, ma Lili lui a *baillé*! hurle Gui.

Madouesse et Benoît se regardent, puis comprennent en même temps que la redoutable mouffette n'est nulle autre que l'aimable Lili. Ils pouffent de rire à leur tour.

La créature de Cap des Demoiselles

Débarrassés du vidéographe insolent, les Acmaq et leurs protecteurs se précipitent dans la caverne.

Benoît et Madouesse doivent attendre un bon moment afin que leurs yeux s'adaptent à l'obscurité. Ils retrouvent les Acmaq au fond de la caverne. La mouffette vengeresse s'étant transformée en la gentille Lili, elle pointe vers un trou en haut d'une saillie.

– Voyez-vous les taches de sang ? souffle-t-elle.

Sans vision nocturne, les protecteurs doivent se plisser les yeux pour distinguer des éclaboussures de sang asséché incrustées de quelques plumes.

– Une bête doit avoir dévoré sa proie dans le trou, conclut Vital.

– Ceci n'est point de bon augure, affirme Gui. C'est trop haut pour Lili et moi. Je comprends pourquoi notre rêve nous disait d'emmener Vital et Simon qui sont plus agiles que nous.

−Ils peuvent y grimper? demande Benoît.

−Non, c'est trop lisse et ils ne peuvent pas se muer en araignées.

−Et c'est trop haut pour que Benoît dépose Vital et Simon sur la saillie, remarque Madouesse.

−Moi pis Simon on peut se mettre en boule pis là vous pourrez nous *garrocher* comme des balles.

−Là, tu penses, Vital, dit Gui pour l'encourager.

Dans les mains de Benoît, Vital serre ses bras autour de ses genoux pliés. Il arrondit le dos, baisse le menton et appuie le front sur les genoux. Même s'il est assez bon lanceur, Benoît craint de blesser Vital. Il lance l'Acmaq, ciblant la saillie aussi bien que possible. Dans les airs, Vital garde bien sa forme ronde. Il atterrit sur la saillie en roulant comme une boule de quilles jusqu'au trou!

−Bénaise que tu sois un bon garrocheux, Benoît, dit Gui, tout en regardant Vital.

Comme un gymnaste, Vital se lève agilement et il va examiner le trou.

−C'est un tunnel. Je vois une piste de sang!

−Attends Simon! ordonne Gui.

Avant de lancer Simon, Madouesse vise la saillie par deux fois avec ses deux mains dans les airs comme si Simon était une balle-molle. Puis, elle le lance trop haut. Simon se heurte contre le faîte de la paroi et retombe sur la saillie en se frappant la tête au sol.

−Je l'ai tué! crie Madouesse, horrifiée.

Vital accourt auprès de Simon, puis fait signe aux autres que son cousin va quand même bien. Après un moment, il l'aide à se relever.

– Pardon Simon! crie Madouesse, navrée.

– J'ai juste un petit peu mal au dos, répond Simon, d'un air sonné.

– Faites attention dans le tunnel, cautionne Lili, anxieuse.

– Il y a peut-être un rapace là-dedans. Changez-vous en siffleux pour mieux vous défendre, avise Gui.

Transformés, Vital et Simon s'engagent dans le tunnel.

-Oh Gui, dit Lili. La sens-tu? Cette présence de plus en plus forte?

– Ouais, chérie. Le danger est proche.

– Voulez-vous que nous vous tenions dans nos bras pour que vous puissiez mieux voir? leur demande Benoît.

Les Aînés acquiescent. Les protecteurs prennent les Aînés dans les bras et tous rivent les yeux sur le tunnel.

Quelques minutes plus tard, Vital sort du trou dans sa forme acmaq.

– On a trouvé une créature blessée et inconsciente.

– Une créature? La vieille expression pour désigner une femme? demande Madouesse.

– Oui, mais «créature» dans les deux sens du mot. Cette jeune femelle est une mutante. Elle ressemble à une Acmaq à moitié muée en oiseau.

– Ah, mon doux! souffle Madouesse.

– Mais les Acmaq se transforment seulement en mammifères, dit Gui.

– A-t-elle des *hardes* acmaq? demande Lili.

– Elle n'a point de hardes. Seulement quelques plumettes. Il lui faut une couverture.

– Benoît, lance-lui ceci, dit Madouesse en enlevant un léger foulard de son cou.

Elle roule son foulard beige en boule nouée et le passe à son neveu.

Benoît lance la boule de tissu à Vital qui l'attrape facilement.

Simon réapparaît sur la saillie, pieds nus.

– J'ai placé son aile cassée dans une écharpe que j'ai faite avec mes bas. Où elle se trouve, je ne peux point me mettre debout pour la porter. Faut la trainer sur de quoi de plus épais que le foulard.

– Prenez ceci, c'est épais et doux, dit Benoît.

Il enlève sa veste molleton de son sac, la roule en grosse boule, la noue et la lance. Ça prend les deux Acmaq pour l'attraper. Ils dénouent la veste et la déroulent, puis ils la trainent dans le tunnel.

– Comment vont-ils descendre la blessée sans lui faire mal? demande Lili.

Gui et les protecteurs regardent autour. Parmi les cailloux et galets, Benoît ramasse une grosse pierre plate et la montre à Madouesse. Les deux se mettent à transporter et empiler de grosses pierres plates pour faire une marche au pied de la saillie. Vital sort du tunnel en tirant un bout de veste qui enveloppe la créature. Simon apparaît en tenant l'autre bout. Ils portent la veste comme un hamac jusqu'au bord de la saillie. À genoux, ils attendent que Benoît grimpe sur la pile de pierres.

Comme Benoît aimerait être aussi agile que les plus jeunes Acmaq! Il doit monter sur la pile de pierres et garder son équilibre. Sur la pile, il chancèle et faillit tomber sur son derrière avant de retrouver son équilibre.

Lentement, Vital et Simon tendent les bras pour baisser la créature dissimulée au fond de la veste jusqu'aux mains du jeune protecteur. La créature est légère comme une plume. Tout en douceur, Benoît passe la veste à sa grand-tante qui la dépose délicatement par terre, près de Gui et Lili.

Benoît saute de la pile de pierres et ouvre les mains pour attraper Vital et Simon, qui sautent de la saillie chacun à son tour. Ils rejoignent les autres, près de la créature.

Avec grande précaution, Lili ouvre la veste.

–Mon doux de la vie, murmure Madouesse.

La créature est terriblement maigre et pâle. Avec le foulard beige enveloppant son corps, elle a l'air d'une momie. Son crâne nu est parsemé de plumettes. Ses paupières fermées et sa peau translucide lui donnent l'apparence d'un oisillon, mais au lieu d'un bec, elle a un nez et des lèvres fines comme deux petites lignes. L'aile découverte ne ressemble pas aux belles ailes colorées de papillon ou de fée. Ses ailes de plumes brunes sont celles d'un rapace. Et tout comme un oiseau, elle n'a pas de bras. Ses jambes ressemblent à deux pailles blanchâtres et ses pieds flottent dans les mocassins de Simon.

Lili met l'oreille sur la poitrine frêle.

– C'est à peine si elle respire et son cœur bat faiblement. Ce n'est point cette pauvre créature qui est dangereuse. Le danger est qu'elle va mourir si nous ne l'emmenons point avec nous.

Lili sort des poudres médicinales de sa besace et saupoudre une pincée sur la blessure. Ensuite, elle sort un minuscule mouchoir de sa poche et elle demande de l'eau.

Madouesse prend le bouchon de sa bouteille, y verse de l'eau et le dépose à côté de Lili. La petite guérisseuse trempe un bout du mouchoir dans le bouchon d'eau, tamponne les lèvres de la créature, puis verse une goutte sur sa langue. Ensuite, elle ouvre délicatement les paupières de sa patiente.

–Elle n'a point d'iris! s'étonne Lili.

Benoît est répugné de voir seulement deux pupilles noires au centre du blanc des yeux.

–Elle a peut-être mal mué, dit Lili en refermant les paupières. Faut la déplacer le moins possible et garder sa tête stable. Madeleine, tu dois l'allonger doucement sur la veste, dans le fin fond du sac avec moi et nous porter fermement dans tes bras.

–J'embarque dans ton sac, Benoît, dit Gui.

–Ne risquons pas de passer par le parc achalandé des Rochers, Benoît, dit Madouesse. Suivons le ruisseau jusqu'à la route pour nous rendre au terrain de stationnement.

–C'est bon, dit Gui. On évitera les gens et les chiens.

Le parcours détourné est long. Rendus à la voiture, ils ont tous faim.

Au volant, Madouesse mange son sandwich au jambon en guettant les touristes, tandis que Benoît mange le sien en tenant à l'œil les Acmaq qui sont tous passés des sacs à la boîte de travelage. Ils croquent leur goûter d'insectes et de crevettes roulés dans de jeunes feuilles. Ils sont tous médusés par la créature au bord de la mort allongée devant eux.

–Je sens qu'elle vient de loin et qu'un de ses parents est un Acmaq, conclut Lili.

–Mais qui est donc l'autre parent ? demande Madouesse. Est-ce qu'il y a des fées en Amérique ?

–Je n'ai jamais entendu parler de fées au Nouveau Monde, réplique Lili.

–Moi non plus. Gabi et Isa auraient peut-être des connaissances là-dessus, suggère Gui. Ils nous attendent au campement avec les autres. J'ai grandement hâte de leur montrer la créature.

–Point aujourd'hui, chéri, la créature est trop fragile, dit Lili. Faut l'amener directement au logis, où j'ai toutes mes herbes médicinales pour la soigner en arrivant. Dit aux autres de ne point me visiter en attendant que je puisse la sortir du danger. Ça pourrait prendre quelques jours.

–T'as raison, chérie. Ils vont comprendre et patienter.

–Ma tante Lili, puis-je rester avec vous, vous aider ?

-Oui, Simon. J'aurai besoin d'un assistant pour la soigner.

–Moi aussi, ma tante ?

–Non, Vital. Simon est mon apprenti-guérisseux. Et Nadège a besoin de toi.

***

Arrivés au logis près de l'aboiteau des Boudreau, Benoît et sa grand-tante déposent les sacs d'Acmaq près de l'entrée. Soigneusement, Madouesse sort la créature puis Lili de son sac. Benoît aide les autres à sortir du sien. Lili dirige Simon et Vital qui portent la patiente dans le tunnel.

– Merci chers protecteurs, dit Lili. Nous allons la soigner de notre mieux.

Vital les rejoint et il remet la veste à Benoît.

Lili et Gui s'embrassent avant son départ pour consulter avec les autres Aînés.

Les protecteurs filent vers le campement de pêche avec Vital et Gui, en anticipant la réaction des autres à la découverte d'une créature à Cap des Demoiselles.

Madouesse stationne sur le bord du cul-de-sac.

– Vaut mieux que Vital et moi soyons seuls pour annoncer cette nouvelle aux autres. Nous vous remercions de votre aide, chers protecteurs. Dans trois jours, venez nous voir aux peupliers.

Avec regret, les protecteurs regardent s'éloigner les deux marmottes.

– J'aurais tant aimé voir la réaction de Dame Nadège et des Aînés, surtout celle de Geoffroi, dit Benoît.

– Moi aussi. Je n'en reviens pas de ce que nous venons de vivre, Benoît. Le temps me dure pour repartir à l'aventure. Ton année scolaire tire à sa fin, mais notre grande quête pour sauver les Acmaq vient tout juste de commencer. Faut absolument que tu passes des journées de congé chez moi aussi souvent que possible.

−Oh que oui! Faut que vous me trouviez du travail qui durera tout l'été. Comme ça, mes parents n'auront pas besoin de m'envoyer à une garderie. Ils ne pourront pas vous refuser. J'aimerais même dormir chez vous tout l'été pour ne manquer aucune chance d'aider les Acmaq! avoue Benoît, emballé.

Madouesse sourit.

−Tes parents s'ennuieraient de toi! À part ça, ce ne serait pas un cadeau vivre avec une vieille maîtresse d'école sept jours par semaine, plaisante-t-elle.

Benoît ose la serrer dans ses bras. Gênée, Madouesse fige comme une *catin* acmaq, puis elle se détend un peu et le serre aussi. Benoît sourit.

Ma grand-tante porc-épic n'a pas toujours les piquants dressés...

Luc et Zozo

–Dépêche-toi, Benoît! Tes gaufres vont être froides!
crie Monique. Benoît?

Couché dans son lit, Benoît se remémore le jour à
Cap des Demoiselles.

Son père frappe à la porte avant d'ouvrir.

–Encore au lit? C'est dimanche! On déjeune ensemble.
D'habitude, tu es le premier à table. Ton voyage avec
ma tante Madeleine a dû être toute une aventure
pour t'épuiser de la sorte, taquine son père.

*Oh, que oui! Papa n'a aucune idée à quel point c'était
réellement une aventure!*

À table, Benoît mange très lentement.

–Veux-tu une autre gaufre? demande sa mère.

–Benoît, tu rêves, lui reproche son père. Ta mère te
demande si tu veux une gaufre.

–Euh, non merci.

–Ça va bien à l'école, mon grand ?

–Ça va mieux.

–Et ça va bien chez ma tante Madeleine ? poursuit son père.

–Oui. T'avais raison. Ma grand-tante est parfois brusque, mais elle est juste. J'aime ça chez elle. J'apprends des choses tout en travaillant. Elle rend l'histoire des Acadiens vivante, ajoute Benoît.

Faut promouvoir les avantages de passer plus de temps chez Madouesse, dans l'espoir que mes parents autoriseront nos prochains voyages.

–Benoît, tu es plus en forme dernièrement, déclare Monique.

–C'est vrai, Maman, avoue-t-il, surpris et content de ce commentaire positif.

–C'est parce que tu ne t'assois pas devant un écran pendant des heures, comme un zombie, taquine son père. Travailler pour ma tante Madeleine te fait du bien.

Le déjeuner terminé, Benoît meurt d'envie de téléphoner à Madouesse pour savoir s'il y a des nouvelles de la créature.

–Benoît, ta mère et ta sœur s'en vont chez Nicole. Que dirais-tu d'un tour en VTT avec moi cet après-midi ?

–D'accord, répond-il sans enthousiasme, mais je dois terminer ma rédaction. Le travail avant le plaisir, comme dit ma tante.

Son père hausse les sourcils.

– Tu veux faire tes devoirs avant d'aller en VTT ! Ma tante Madeleine est une vraie magicienne.

Pas tout à fait, mais elle fréquente des êtres magiques.

Benoît croise sa sœur avec sa nouvelle Barbie dans la main.

– Maman va m'acheter une Barbie Princesse, comme Claire !

Ma mère la gâte, mais Emma me dérange moins dernièrement.

Benoît ébouriffe affectueusement les cheveux de sa petite soeur.

– Benoooît ! Ma coiffure ! se plaint Emma d'une voix nasillarde.

Benoît se réfugie dans sa chambre où il écrit sa rédaction. Il doit consulter le web pour ajouter de l'information au sujet des Rochers Hopewell. En passant devant la chambre de sa sœur, il arrête.

La porte de la garde-robe d'Emma est ouverte et il voit une boîte pleine de Barbies. Sa sœur gâtée ne les a pas touchées depuis qu'elle a reçu de nouvelles Barbies pour son anniversaire. Une des poupées rejetées attire son attention.

Il entre dans la chambre et ramasse une Barbie aux cheveux coupés. Il ne lui reste que quelques mèches. Emma a dû jouer à la coiffeuse, se dit-il. La créature de Cap des Demoiselles ressemble à cette Barbie, mais sans le cou étrangement allongé de Barbie, ni les yeux maquillés, ni les petits pieds bizarrement haussés sur le bout des orteils. Benoît s'agenouille devant la boîte de vêtements de Barbies à couleurs criardes et se met à la recherche d'un beau vêtement qui irait bien à la pauvre créature ailée. Enfin, il trouve une belle cape dorée pour recouvrir ses ailes déplumées. Il bouchonne la petite cape dans sa poche de jeans.

Satisfait de ce cadeau pour la créature, il lance tous les autres vêtements de poupée dans la boîte, certain que sa sœur ne remarquera pas la cape dorée manquante.

Ce n'est qu'une poupée, mais elle me fait pitié, à force de ressembler à la créature.

Benoît l'habille avec des vêtements moins abîmés, des bottes usées et un chapeau laineux pour recouvrir sa pauvre tête, puis la dépose doucement dans la boîte.

Ensuite, il termine sa rédaction en y ajoutant quelques détails intéressants sur les Rochers Hopewell trouvés sur internet. Puis, il cherche « Acmac ».

Absolument rien au sujet des petites personnes de ce nom. Fantastique! L'internet ne sait pas qu'ils existent. C'est le grand secret de ma tante et moi.

Avant de rejoindre son père dans le garage, Benoît téléphone à Madouesse pour prendre des nouvelles.

– Benoît, je ne pouvais pas attendre. J'ai marché aux peupliers pour voir si Vital y était par hasard, dit-elle. Je sais bien que Gui nous a dit d'attendre trois jours.

– Encore deux jours à attendre, ma tante.

– La patience n'est pas une de mes vertus.

– Ma tante, je m'inquiète pour nos lutins et la créature.

– Moi aussi Benoît, je ne peux pas penser à autre chose.

– J'ai cherché « A-c-m-a-c » sur internet. Je n'ai rien trouvé sauf que c'est le nom d'une ville aux Philippines. Nous protégeons un peuple secret !

– Tu as épelé ce mot avec un « c » à la fin. Moi non plus je n'ai rien trouvé pour « A-c-m-a-c », mais j'ai aussi vérifié « A-c-m-a-q ». Avec cette terminaison, ce mot veut dire « la faim » en azéri, la langue officielle de l'Azerbaïdjan, un pays au sud de la Russie. En effet, il semble que les Acmaq soient des lutins qui se trouvent uniquement en Amérique du Nord et peut-être seulement dans les marais endigués des provinces maritimes !

– Génial ! Euh, pardon ma tante. Mon père m'appelle. Désolé. À demain !

***

Pendant leur promenade en VTT sur un sentier forestier, Serge fait un arrêt au sommet d'une colline. Accotés au véhicule, père et fils boivent leurs bouteilles d'eau et ils contemplent la vallée de Memramcook, avec sa belle rivière brune et sinueuse.

– C'est curieux… Je vois de la fumée là-bas. Ça vient de la cheminée d'une vieille maison cachée par les arbres. Cette maison fut abandonnée quand j'étais enfant. Luc, un copain de classe y habitait. Il n'aimait pas l'école, jusqu'à ce que ma tante soit son enseignante. C'est dommage qu'au moment où les choses s'amélioraient pour Luc, sa famille déménageât en Ontario. Je ne l'ai jamais revu. Allons faire un petit tour pour voir la vieille maison, dit-il, en remontant sur le véhicule tout-terrain.

De toute évidence, la maison en bardeaux gris n'a jamais connu de peinture, mais la vieille porte a été réparée récemment avec du bois neuf. Une vieille fourgonnette bien entretenue est stationnée dans la cour. Près de la maison, un homme barbu fend du bois avec une vieille hache. En remarquant le VTT et ses passagers, l'homme arrête son travail et essuie la sueur de son front avec le revers de sa manche de chemise. Il ne semble pas content de les voir arriver.

Serge gare le VTT et marche vers l'homme. Ils échangent quelques mots, puis se serrent dans les bras comme de vieux amis. Le père fait signe à Benoît de les rejoindre.

– Benoît, je te présente Luc.

– Bonjour.

– Bonjour Benoît. Je veux que vous rencontriez ma fille, dit-il lentement, comme si le fait de parler lui demandait un effort.

Il se retourne vers la maison.

– Zozo, vient icitte ! crie Luc, qui trébuche et se reprend. Zo... zooo !

Sa fille ne vient pas.

Le père de Benoît fronce les sourcils et regarde par terre. Le fils suit son regard et aperçoit deux bouteilles de bière vides derrière une bûche. Père et fils s'échangent un regard.

–Rentrez avec moi! Vous êtes nos premiers visiteurs!

Serge fait signe à Benoît de le suivre.

Le don de Zoé

– Votre fille s'appelle Zoé ? devine Benoît.

– Tu connais ma fille ?

– Elle est dans ma classe.

– Ça adonne bien !

En entrant dans la vieille maisonnette, la senteur de bois de scie domine dans la première pièce. Il n'y a pas de meubles. Le vieux plancher de linoléum est à moitié décollé. Par terre, derrière un mur de caisses de déménagement, on aperçoit un matelas, un tas de couvertures pêle-mêle, une lampe dépeinte sans abat-jour et une pile de journaux froissés. Benoît et Serge suivent Luc jusqu'à la deuxième pièce.

Pauvre Zoé. Elle vit dans ce dégât.

La cuisine est un véritable chantier avec des outils, des clous et des planches partout. Les murs en plâtre jauni sont fissurés. Les portes des vieilles armoires ont été enlevées, exposant quelques assiettes, tasses et verres. D'anciennes jarres, une cafetière démodée et une citerne d'eau occupent le comptoir. Des souricières sont dissimulées sur le plancher en bas des armoires et le long des murs. La table et les quatre chaises aux différents styles sont égratignées et dépeintes. Le poêle à bois dégage trop de chaleur.

–Ouais, il fait chaud dans la cabane! dit Luc en ouvrant une fenêtre. Je me prépare à enfourner du bon pain brun comme faisait ma grand-mère! Ça va être bon à manger avec nos *bines*! Assoyez-vous!

Luc parle trop fort.

À table avec Serge, Benoît entend Zoé descendre l'escalier de l'étage.

–Hé Zozo, un de tes copains de classe est icitte!

Zoé s'arrête sur une marche.

–Viens voir Benoît et son père!

Zoé continue lentement et elle s'arrête au seuil de la porte de cuisine. Luc la présente, mais elle semble trop gênée pour dire bonjour.

–Ça adonne que Serge était aussi mon copain de classe. Les jeunes, prenez du jus de pommes, offre le père de Zoé en déposant une brassée de bois à côté du poêle.

Les joues roses, Zoé ouvre le vieux réfrigérateur et sort une cruche de jus de pomme biologique. En dépit de l'ampoule faible du réfrigérateur, Benoît voit qu'il contient seulement un carton de lait, un bocal de beurre d'arachide, et du fromage.

Même si le jus brunâtre ne lui paraît pas appétissant,

Benoît le sirote et le trouve si délicieux qu'il boit le reste tout d'un trait. Puis, à son grand embarras, il ne peut empêcher un grand rôt.

–Le jus doit être très bon, taquine Serge qui rit de bon cœur. Cela détend un peu Benoît et Zoé.

Préoccupé au poêle, Luc ne semble pas avoir entendu.

–Zozo, emmène Benoît voir tes belles peintures!

Benoît regarde son père qui hoche la tête en accord. Benoît suit Zoé avec réticence. Il entend Luc parler à Serge.

–Veux-tu une bière, Serge? demande Luc.

–Non, merci. Mais si tu as du café, j'en prendrais.

–J'en prendrais moi itou!

Penaude, Zoé se dirige à l'escalier vers l'étage. Rendue là, elle jette un coup d'œil vers la cuisine où Luc prépare le café.

Elle doit être embarrassée par le comportement de son père.

Benoît monte l'escalier avec Zoé. Elle ouvre la porte de sa chambre, mais ne la referme pas.

Elle doit se sentir mal à l'aise d'avoir un gars dans sa chambre à coucher. Ce n'est pas surprenant qu'elle laisse la porte grande ouverte.

Benoît ne s'attendait pas que la chambre de Zoé soit si belle, si propre et si bien rangée.

Quel contraste avec le reste de cette maison délabrée! D'habitude, une chambre de jeune est en désordre à comparer aux autres pièces d'une maison, mais chez Zoé c'est le contraire.

La senteur de peinture fraîche émane des murs d'un bleu vert comme la mer. Au centre, il y a un tapis rond multicolore sur le plancher de pin. Un lit ancien en fer-blanc avec une très belle couverture piquée verte et rose se trouve en face d'une lucarne aux rideaux en dentelle d'un blanc éblouissant. Niché sous cette fenêtre du pignon, il y a un banc au siège bourré de tissu fleuri rose et sous le banc, une étagère de livres. La commode, la malle et la table de chevet sont toutes des antiquités en bois reluisant.

Sur la table de chevet, il y a un bouquet de fleurs sauvages et un livre ouvert à deux pages d'images de fleurs avec de minuscules visages de femmes au centre de la couronne de pétales. Intrigué, Benoît s'approche et il lit à voix haute le titre d'un chapitre.

– Le monde merveilleux des fées.

Zoé se presse de fermer le livre. Ses joues rougissent.

– Un livre de mon enfance. Mes peintures sont là, dit-elle en hochant le menton vers le mur derrière Benoît. Il se retourne. Trois superbes grandes toiles de paysages boisés sont accrochées au mur. Benoît réalise avec étonnement que sa copine de classe est peintre de calibre professionnel, comme une adulte.

– C'est toi qui as fait ça ? C'est super beau ! Où as-tu appris à peindre comme ça ?

– À la maison. C'est mon père qui m'a appris à peindre.

– Je n'ai jamais remarqué ton talent en classe.

– Depuis mon arrivée, nous ne faisons que du brico-lage dans le cours d'art à cette école.

– C'est vrai. Mais tu es une vraie artiste, Zoé ! Le jour où Mme Bourgeois nous demandera de dessiner, elle va avoir une très grande surprise. Toute la classe et même les deux Détraqués seront impressionnés par ton grand talent.

– Deux Détraqués, répète Zoé. Hum… Dan et Éric !

Ils rient du sobriquet de leurs intimidateurs.

Zoé désigne les toiles et dit, « Les vois-tu ? »

Benoît ne voit que des feuilles et des branches par-faitement peintes. Il scrute plus longuement et décerne de petits papillons dans les feuillages. En s'approchant, il réalise qu'il ne s'agit pas de papillons, mais de minuscules fées. Du coup, Benoît pense à la créature ailée de Cap des Demoiselles, quoique son corps squelettique aux ailes de rapace ne ressemble guère aux corps parfaits et aux fines ailes translucides des sublimes fées peintes par Zoé.

– Depuis quand peins-tu des forêts et des fées ?

– Depuis que nous avons emménagé ici. Je me suis inspirée des histoires de mon arrière-grand-mère écossaise qui me parlait des habitants de « Tir-na-Gog. »

– C'est où Ti-Magog ? Au Québec ?

Zoé produit un petit rire.

– Pas Ti-Magog ! Tir-na-Gog. Cet endroit n'existe pas. Ce mot gaélique veut dire le monde de la jeunesse éternelle ou le monde des fées.

Benoît voit un chevalet près d'une autre fenêtre.

– Est-ce que je peux voir cette peinture-là ?

– Oui, mais je ne l'ai pas terminée.

La toile sur le chevalet montre un petit sentier forestier aboutissant à une clairière à moitié peinte, sous un ciel inachevé.

– C'est le sentier derrière notre maison. Veux-tu aller le voir ? demande-t-elle, enthousiaste.

Lorsque Zoé et Benoît demandent à leurs pères la permission d'aller au sentier, ils disent oui et continuent leur conversation. Luc est aussi calme que Serge. Les jeunes en sont soulagés.

Plus ils s'éloignent de la maison, plus Zoé se détend. Le sentier du bois est identique à celui de la peinture. Le sentier mène à un petit marais qu'il longe pour un bout avant de bifurquer vers la forêt.

Zoé s'arrête et prend une grande inspiration de l'arôme des sapins. Benoît l'imite.

– Ça sent tellement bon. C'est incroyable pour moi parce que j'ai grandi en ville, dit-elle.

– Moi aussi.

– Je rêvais toujours de vivre en campagne. Mon père me racontait souvent des histoires de son enfance passée à Memramcook. Ses frères et lui avaient construit un fort dans un arbre. Viens voir !

Ils quittent le sentier et marchent jusqu'au grand

érable. Une vieille échelle en corde pend du haut d'une grosse branche où juchent les vestiges d'une plateforme de planches grises.

– Mon père m'a dit qu'il va le réparer et me bâtir une cabane là-dessus.

– T'es chanceuse.

– Oui, mais je ne suis pas certaine que je pourrai en profiter longtemps, dit-elle tristement. Mon père a des ennuis qu'il me cache. Il ne m'en parle pas tout de suite, mais j'ai peur que nous soyons obligés de déménager. C'est pourquoi il n'est pas lui-même aujourd'hui.

Ils entendent Serge crier, « Benoît, c'est le temps de s'en aller souper ! »

Luc et Serge sont debout devant la maison. La senteur du bon pain qui cuit au four et des fèves au lard qui chauffent sur le poêle parvient aux jeunes par la fenêtre ouverte. En rejoignant leurs pères, les jeunes voient que les deux hommes se donnent la main. Serge tape Luc dans le dos amicalement puis se dirige vers son VTT. Benoît le suit et ils disent au revoir à Zoé et Luc qui semblent contents de la visite.

En mettant leurs casques, Serge confie à Benoît que Luc n'était pas ivre à leur arrivée, mais il était plutôt en grande peine.

– Luc n'a jamais eu la vie facile et il vient de recevoir de mauvaises nouvelles qui l'abattent.

-Quelles nouvelles ?

– C'est confidentiel Benoît. Mais je peux possiblement résoudre un petit problème pour lui. Il a besoin de quelqu'un pour garder Zoé après la classe ce mois-ci. Je ne lui ai rien dit, mais je vais en parler à ma tante Madeleine.

Benoît est bouche bée. Il trouve Zoé bien sympathique, mais il ne la veut pas chez sa grand-tante à cause de la quête urgente des Acmaq.

–J'imagine que tu ne dis rien parce que ça te gêne qu'une fille te plaise. Tu te plairais davantage chez ma tante avec quelqu'un de ton âge. Monte, mon grand.

De nouveau en VTT, Benoît est inquiet que le secret de Madouesse risque d'être dévoilé. Il connaît assez bien sa grand-tante pour savoir qu'elle n'hésitera pas à accueillir Zoé pour dépanner Luc, son ancien élève. Vont-ils réussir à communiquer et à protéger les Acmaq pendant tout un mois, sans que Zoé s'en aperçoive ? Sinon, Zoé va tout ruiner !

Chapitre 23

Le rêve triplé

Par une journée de pluie, Benoît attend debout à la porte, sur la galerie chez sa grand-tante, anxieux pour des nouvelles des Acmaq et de la créature. Lorsque Madouesse lui ouvre la porte, l'arôme délicieux de pommes au four se rend jusqu'à Benoît. Malgré qu'il a l'eau à la bouche, il s'informe des Acmaq.

– Les avez-vous vus, ma tante ?

- Non. Je me suis même promenée jusqu'aux peupliers avant la pluie. Pas d'Acmaq. Ni de siffleux ni de mulot ni de mouffette.

Un plateau de pâtisseries est sur la table. Chaque pâtisserie est une boule grosse comme un pamplemousse et sur le faîte de sa croûte dorée, il y a un trou d'où s'échappe la vapeur.

– Ça sent très bon. C'est quoi ?

– Des poutines à trou, une gâterie pour nous réconforter. Elles sont aux pommes, raisins et pommes de pré.

– Pommes de pré ?

– Des canneberges. Tiens, dit-elle en glissant une pâtisserie sur une assiette. Essaye celle-ci. Verse un peu de sirop d'érable dessus.

Benoît déguste sa première bouchée de poutine à trou baignant dans le sirop.

– C'est super bon, ma tante !

– Faut se gâter de temps en temps.

Pendant qu'il mange sa poutine à trou sucrée, elle lui annonce une nouvelle amère.

– Aujourd'hui, faut que tu m'accompagnes chez Luc et que tu passes du temps avec Zoé, afin que je puisse parler à Luc seul. Ton père est d'accord.

Benoît avale difficilement cette nouvelle.

Elle ne pense pas au grand risque que Zoé découvre notre secret !

– Vous allez accueillir Zoé ?

– Benoît, mon ancien élève est dans la misère et Luc n'a personne pour l'aider tout de suite. S'il accepte mon offre, Zoé nous rejoindra demain.

– Demain ! s'indigne Benoît, ne pouvant plus retenir ses émotions. Mais ma tante, comment pouvons-nous aider les Acmaq sans qu'elle s'en aperçoive ?

– Ne t'en fais pas. C'est seulement jusqu'à la fin juin. Je sais comment lui cacher notre secret, tout en étant disponibles pour aider les Acmaq. Après tes devoirs, rejoins-moi en haut et je t'en parlerai.

Cela dit, elle monte à l'étage.

Benoît aimerait remettre sa préparation pour un examen pour quand il sera chez lui, afin de passer plus de temps seul avec sa grand-tante, mais il n'ose pas la contrarier. Il étudie en sautant des pages, dans l'espoir que Madouesse ne lui pose pas de questions sur le sujet. Un grincement de freins fait sursauter Benoît. Il court à la fenêtre. Devant la voiture arrêtée dans la rue, une marmotte se relève et se jette dans le fossé. La voiture redémarre, puis l'animal s'enfuit derrière la grange, en boitant.

Madouesse descend l'escalier.

– J'ai tout vu, Benoît. Mettons nos imperméables.

Sous la pluie drue, ils font le tour de la grange, mais ils ne voient rien.

– Le siffleux est peut-être entré par un trou sous la grange, conclut Madouesse.

Ils entrent dans la grange, mais ils ne voient pas de marmotte.

– Vital? appelle Benoît.

– Icitte, répond une petite voix haletante dans l'obscurité.

Vital sort de l'arrière de vieilles caisses en bois et Benoît voit du sang sur son pantalon.

– Vous êtes blessé!

– J'ai *yinque* cogné ma jambe sur le pavé en évitant le char.

– Vous êtes chanceux que le char ne vous a pas transformé en crêpe, affirme Madouesse.

Benoît voit bien que Vital est angoissé et n'ose rien dire.

–Ma mère a *bâsi*! Nos meilleurs émoyeux n'ont point trouvé de trace!

–Oh non! Dame Nadège a disparu! Mon doux de la vie! s'exclame Madouesse.

–Quand et comment est-ce que c'est arrivé? demande Benoît.

–Samedi soir, après avoir discuté longuement du grand voyage à Chipoudie et de l'étrange créature, tout le monde a décidé de dormir au campement de pêche.

Le lendemain matin, Pépére Gabi et mes grands-oncles nous ont annoncé qu'ils ont eu un rêve triplé! Quand ils ont conté leur rêve, ma mère n'a point accepté le message du rêve et elle ne voulait point que les autres l'acceptent non plus. Oncle Geoffroi et ma mère se sont *ostinés* jusqu'à ce qu'elle *braille*. Là, ma mère s'est enfuie au logis du petit aboiteau de l'Anse-des-Cormier. J'voulais l'accompagner, mais les Aînés m'ont dit qu'il fallait lui donner du temps pour réfléchir.

Quand je suis rentré au logis l'après-midi, ma mère n'y était point. Ce n'est point la première fois qu'elle bâsit pour un couple de jours. Les émoyeux continuent de la chercher partout dans le domaine. S'ils ne la trouvent point aujourd'hui, on espère que vous nous ramènerez traveler en char pour chercher plus loin.

–Racontez-nous donc le rêve triplé pour savoir où chercher, suggère Madouesse.

Vital hésite.

–D'accoutume, c'est seulement les Acmaq qui ont eu le rêve partagé qui doivent le raconter. Mais dans ce cas d'urgence, j'pense que les Aînés me permettraient de vous en parler. Le rêve disait que tous les Acmaq du domaine de Memramcook doivent déménager au vieux logis des frères fondateurs.

–Qui sont les frères fondateurs? interroge Benoît.

–Pépére Gabi, mes grands-oncles, Gui, Geoffroi et le regretté Grégo.

–Qu'est-ce qu'il y a de mal à déménager tous ensemble dans ce foyer ancestral? demande Madouesse.

–C'est au vieux logis que nous avons vécu notre plus grande tragédie. Ce grand logis est abandonné depuis le jour le plus terrible de notre histoire, dit Vital en secouant sa tête. Cet endroit est encore plus troublant pour ma mère.

–Expliquez-nous pourquoi, s'il te plaît, supplie Madouesse. Peut-être que ça pourrait nous aider à la trouver.

–Une cinquantaine d'années passées, ma mère a organisé le mariage de ma sœur Véronique et son promis Sylvère, le petit-fils d'Oncle Geoffroi. Avant la barre du jour, les fiancés et la parenté devaient se rencontrer dans le pré de Saint–Joseph. Ensemble, ils devaient faire la procession vers le vieux logis, l'autre bord de la rivière.

Les Aînés trouvaient que c'était trop risqué de rassembler autant d'Acmaq à cet endroit, même dans la brume matinale. Malgré ce danger, ma mère insistait sur ses plans pour en faire le plus grand et le plus beau mariage jamais vu pour sa fille. Elle a réussi à convaincre tout le clan, même mon oncle Geoffroi de suivre ses plans grandioses.

La voix de Vital craque. Il fait une pause avant de continuer.

–Mon père Mathias, puis mes soeurs Véronique et Vénérande partirent à la rencontre de Sylvère, sa soeur Sara, nos autres cousines, nos tantes et nos oncles, tous en route.

Pendant ce temps, à la grande halle du vieux logis, ma mère, mes frères, mes cousins et moi achevions les décorations. Fallait accrocher les guirlandes de fleurs, juste avant l'arrivée de la procession des futurs mariés, pour que les fleurs ne soient point fanées pendant la grande cérémonie. Tous les Aînés attendaient dans la salle pour accueillir les mariés et leur cortège lorsqu'on a entendu l'explosion l'autre bord de la rivière.

Sans que nous le sachions, c'était aussi le jour que des êtres humains détonaient la dynamite dans le pré de Saint-Joseph pour changer le cours de la rivière Memramcook !

–Je m'en souviens. Ils ont fait ça pour remplacer le vieux pont par le pont-chaussée, dit Madouesse.

–J'étais un des premiers arrivés sur les lieux, dit Vital en se fermant les yeux un moment. Il y avait des *montains* de vase. Nous avons trouvé des mottes de pré avec quelques taches de sang d'animaux ou d'Acmaq. Il ne restait rien de mon père, mes deux soeurs, mon cousin, toutes mes cousines, toutes mes tantes et tous mes oncles.

– Ah! Mon doux de la vie, Vital. Quelle horrible tragédie! murmure Madouesse.

Benoît essaye d'imaginer la douleur que Vital et ses proches ont dû ressentir.

Vital est sur le point de pleurer, mais il se reprend.

– Lorsque ma mère arriva sur les lieux, elle s'est mise à *hucher* que c'était de sa faute. Elle cherchait mes sœurs et mon père et s'éreintait à soulever des mottes de pré et de vase partout où elle croyait voir une tache de sang.

Les larmes ruissèlent sur ses petites joues d'Acmaq. Benoît met sa main sur la toute petite épaule jusqu'à ce que Vital retrouve la force de continuer son récit.

– C'est à ce moment-là que ma mère a perdu la raison et n'a point parlé pour des mois. Elle a porté ses hardes de deuil pendant trois ans. Au fil des années, elle s'est plus ou moins remise, mais elle n'a jamais regagné sa joie de vivre. Jamais. Ses cauchemars tachés de sang la hantent toujours.

– Pauvre Dame Nadège, dit Madouesse. Astheure, je comprends pourquoi elle a horreur de la couleur rouge et qu'elle ne veuille pas retourner au vieux logis.

– On a perdu toute la génération des bicentenaires, sauf ma pauvre mère, et aussi toutes les filles de ma génération. L'âge de se marier et de fonder une famille est d'environ cent ans. Alors ma mère se blâme pour la mort de nos bien-aimés et pour la fin de notre clan.

– Très désolé pour vous, dit Benoît.

–Pourquoi pensez-vous que vous devez retourner au vieux logis ? demande Madouesse gentiment.

–Je ne le sais point. Les Aînés n'y comprennent rien non plus. Ils supposent qu'ils le sauront lorsqu'ils y déménageront. Malgré la tristesse que cela peut nous causer, nous allons y retourner. Astheure, avez-vous des idées où trouver ma mère ?

Benoît et sa grand-tante secouent la tête que non.

–D'après ce que vous venez de nous dire, je ne peux pas deviner où elle a pu fuir, avoue Madouesse. Vital, nous allons vous aider, c'est certain, mais ça va être un peu compliqué. C'est fort possible que Zoé, une copine de classe de Benoît, vienne rester avec nous pendant ce mois.

–Mais cette fille va nuire à notre recherche pour ma mère et à notre quête !

–Ne craignez pas, Vital. On s'arrangera pour que Zoé ne vous voie pas, et qu'elle ne nuise pas à la recherche de Dame Nadège ni à notre quête.

Vital est d'accord avec moi, ma tante et Zoé vont tout ruiner !

–Benoît, cache Vital dans une caisse et apporte-le dans la maison. Je vais vous montrer mon plan.

Chapitre 24

Madouesse à la rescousse

Dans la cuisine, Vital hume l'air.

—Avez-vous déjà goûté des poutines à trou? demande Madouesse, en étendant un napperon sur la table.

Vital fait signe que non.

—Je vous en sers.

Benoît soulève Vital de la caisse en faisant attention à sa jambe blessée et il le pose soigneusement sur le napperon.

Madouesse lui sert un tout petit morceau de la pâtisserie dans une soucoupe avec une goutte de sirop. Vital prend sa première minuscule bouchée.

—J'ai jamais mangé une pareille douceur! C'est meilleur qu'une sauterelle au miel!

À chaque bouchée, Vital se ferme les yeux pour mieux savourer le délice.

—Grand merci, Madeleine!

−Ça me fait plaisir de vous l'offrir. Je vous donnerai une poutine à trou pour partager avec les autres. Je parie que Gui l'aimera mieux qu'une poutine râpée. Maintenant, suivez-moi.

Benoît offre son bras à Vital, qui accepte volontiers. Ensemble, ils montent l'escalier en colimaçon. À l'étage, Madouesse s'arrête au centre du corridor et regarde au plafond. Benoît et Vital suivent son regard. Une chaîne pend d'une trappe.

−Tire sur la chaîne, Benoît, dit Madouesse en poussant un banc sous la trappe.

Benoît monte sur le banc avec Vital dans le creux du bras. Il tire sur la chaîne qui fait descendre une échelle-escalier.

−Grimpons, ordonne Madouesse.

−Je ne suis jamais allé dans un *attique*, confie Vital.

Le grenier déborde de vieux meubles, de malles et de boîtes recouvertes de poussière et de toiles d'araignées. Les tas de vieilleries ont été poussés d'un bord pour laisser un passage vers un hamac suspendu à deux poteaux.

Ils suivent Madouesse jusqu'au hamac. Elle les regarde avec un sourire en coin.

−Qu'est-ce qu'il y a, ma tante?

Pour toute réponse, elle soulève le hamac pour qu'ils passent dessous. Ils se trouvent devant une lucarne avec une vue panoramique du marais. Il y a des jumelles sur le rebord de la fenêtre.

–Notre poste d'observation. Regardez dans les longues-vues.

Ravi, Benoît dépose Vital sur une caisse renversée devant la fenêtre. Il prend les jumelles et il scrute le marais. Il s'arrête vers la droite et voit les peupliers de la levée, leur lieu de rencontre. Non seulement la levée est rapprochée, mais les peupliers et les buissons paraissent si près, que Benoît peut voir chaque branche, feuille et bourgeon. Puis il regarde vers la gauche, l'autre bord de la rivière, et reconnaît le toit de la maisonnette chez Zoé et Luc.

–C'est à votre tour, dit Benoît.

Il tient les jumelles devant Vital.

Pour l'Acmaq, les lentilles sont grandes comme des écrans de téléviseur.

–C'est comme si on était debout droit devant les buissons, dit Vital, émerveillé. Je suis grandement bénaise de ce poste d'observation, Madeleine.

–Nous pourrons communiquer plus aisément, dit Madouesse.

Sur le bord de la fenêtre, Madouesse décroche deux guenilles.

–Si vous avez une urgence, vous attachez le *brayon* violet sur une branche du buisson et si vous voulez simplement une rencontre avec nous, vous attachez le brayon jaune.

–C'est génial ma tante !

–Vous êtes rusée comme une renarde, se réjouit Vital.

—Nous communiquerons alors par le «brayonphone», plaisante la tante.

Vital et Benoît sourient.

—Attention de ne pas vous tromper de couleur, cautionne Madouesse, mine sérieuse, surtout pendant que Zoé est ici.

—Mon petit frère Valentin est oublieux...

—Vous pourriez lui dire violet pour «venez vite» et jaune pour «venez jaser», suggère Benoît.

—Aussi, avise Madouesse, faut toujours placer les brayons sur les branches du bas des buissons. Comme ça, mes voisins ne les remarqueront pas. Et lorsque Zoé sera présente, un de nous deux trouvera une excuse pour monter à l'attique vérifier s'il y a un brayon aux peupliers. J'ai bien huilé la chaîne de l'échelle-escalier pour qu'elle ne fasse pas de bruit.

—Mais ma tante, s'il y a une urgence, comment faire pour y aller sans Zoé?

—Juin est le mois de la cueillette de la *passe-pierre* qui pousse près de la rivière. Je t'enverrai au marais en chercher. Pas besoin d'en trouver à chaque fois non plus. Pendant ce temps, j'assignerai une tâche ménagère à Zoé.

—Comme dans l'ancien temps, dit Benoît. Les femmes travaillaient surtout à l'intérieur de la maison et les hommes travaillaient à l'extérieur.

—Les femmes travaillaient beaucoup à l'extérieur aussi. Elles s'occupaient des jardins, la cueillette de fruits, les poules... Combien de fois, j'ai gelé les doigts à enlever les draps de la corde à linge en hiver!

–Mais c'est vrai que les tâches à Zoé se feront toutes dans la maison. Pauvre Zoé, elle va me trouver très injuste.

–J'aimerais voir l'autre bord de la rivière, dit Vital.

Benoît tient les jumelles et Vital regarde dans une des lentilles.

–Vers la gauche, dit l'Acmaq. Encore un peu à gauche, mon ami.

Touché qu'on l'appelle ainsi, Benoît ajuste les jumelles.

–Là, je vois les terres de notre premier logis. Ma mère nous a toujours défendu d'y retourner depuis la grande explosion.

–Ce logis se trouve donc près du Ruisseau-des-Breau, dit Madouesse. Nous allons justement passer par là pour aller visiter Zoé et son père.

–Les émoyeux n'ont point cherché là parce que c'est interdit. Je me demande si ma mère a osé y aller pour voir si elle pouvait y vivre, après tout. Pourriez-vous m'emmener?

–Bien sûr! Allons-y tout de suite. Benoît, tu étudieras pour ton examen ce soir. Tiens le sac dans tes bras pour que Vital puisse voir.

C'est seulement après que la voiture ait traversé le site de la grande tragédie que Vital ose soulever le rabat du sac. À l'endroit où la route suit de tout près le bord du chemin de fer, Madouesse tourne et conduit sa voiture sur le chemin qui traverse le petit marais de Ruisseau-des-Breau.

Près d'une levée désignée par Vital, elle gare la voiture. Benoît met le sac sur le plancher, et ouvre la portière. Vital, déjà transformé en marmotte, saute de la voiture et se rend de l'autre bord de la digue en boitant. Au bout d'une vingtaine de minutes, la marmotte revient à la voiture et se retransforme en Acmaq.

– Le vieux logis n'a pas été touché depuis la grande explosion. Ça fait mal au cœur de voir les décorations asséchées toujours en place. Point de trace dans la poussière nulle part. Point de fil d'araignée cassé. Où s'est-elle enfuie? C'est tracassant.

– Ne vous tracassez pas trop, Vital. Demain matin nous irons chercher ailleurs en char, assure Madouesse. Dommage que tu seras à l'école, Benoît.

– Je comprends que c'est trop urgent pour attendre après la classe, dit Benoît, déçu.

Madouesse conduit chez Luc et Zoé.

– Vital, attendez-nous dans le char. Notre visite ne devrait pas durer plus qu'une demi-heure. Ensuite, je déposerai Benoît, puis je vous ramènerai aux peupliers.

– Je ferai un somme.

Luc ouvre la porte aux visiteurs.

– Bonjour la grande visite! Entrez! C'est bon de vous revoir, Mme Gaudet, pis Benoît itou!

– Et toi, pareillement, Luc. Mon doux, ça fait drôle de te voir plus grand que moi. Puis avec une grande barbe! T'es encore trop maigre. Je t'apporte mes poutines à trou pour t'engraisser, taquine Madouesse.

–Merci beaucoup! Je me souviens que vous en aviez fait pour vos élèves. Je n'en ai pas mangé depuis. Venez vous assoir dans la cuisine.

Luc dépose les poutines sur le comptoir et marche au pied de l'escalier.

–Zozo! Ils sont icitte!

–Je viens, Papa!

–Ma fille peint en haut dans sa chambre depuis des heures. Mme Gaudet voulez-vous du thé ou du café?

–Je veux que tu cesses de m'appeler Mme Gaudet. Tu peux m'appeler Madeleine. Du thé, s'il te plaît. Trop de caféine rend Madouesse encore plus maline, plaisante-t-elle.

Ce qui fait sourire Luc.

Zoé entre dans la cuisine, portant une longue chemise tachée de peinture multicolore qui ressemble un peu à une peinture abstraite. Ces cheveux sont en queue de cheval et ses joues sont roses.

–Zoé, je te présente Madou... Euh... Madeleine.

–Bonjour, dit-elle, timidement.

–Bonjour Zoé. Benoît me dit que tu es une vraie artiste.

–J'aime peindre, dit Zoé, gênée.

–Tu prends du côté de ton père, dit Madouesse. J'ai gardé une de ses œuvres qu'il m'a offerte en cadeau quand il avait ton âge.

–Vraiment? dit Luc. Je me rappelle le jour où vous m'avez encouragé à peindre, mais je ne me rappelle pas que je vous aie fait un cadeau.

–Je l'ai justement avec moi, dit-elle en sortant de sa sacoche la pierre clownesque qui a servi à piéger Ti-Grisou.

Luc pouffe de rire.

–C'est *ben* laid!

–Pas pour moi, dit Madouesse. Te souviens-tu de ce que cette roche représente?

Luc réfléchit un moment et sourit, quoique tristement. Puis donne un câlin à son ancienne enseignante. Ce qui met celle-ci toujours un peu mal à l'aise, n'ayant pas l'habitude de se faire embrasser.

–Ma fille est bien meilleure peintre que je ne l'étais à son âge, dit Luc. Zoé, va leur montrer ta dernière peinture, tandis que je prépare le thé.

Dans la chambre à Zoé, Madouesse regarde tout autour.

 –Quelle belle chambre à coucher! Oh, mon doux! Tes peintures sont de toute beauté, Zoé! En effet, t'es une vraie artiste!

Zoé rougit.

–As-tu terminé la peinture du sentier? demande Benoît.

–Presque. Si vous voulez, vous pouvez aller voir.

Benoît et Madouesse vont au chevalet.

Dans la peinture, Benoît voit que le sentier ne mène pas vers une clairière de la forêt, comme il avait supposé la dernière fois, mais vers le marais. Il remarque aussi que Zoé a ajouté une fée que l'on voit de dos, mais elle n'a pas encore peint les ailes de la fée. Sa longue chevelure brune cache une grande partie de sa robe argentée... Benoît retient son souffle. Cette fée sans ailes ressemble à Dame Nadège ! Il regarde sa grand-tante qui le regarde, puis ils se tournent vers Zoé dont le visage s'illumine.

– Dame Nadège vient de partir pour son logis. Ne vous inquiétez pas, je garderai votre secret...

À suivre dans

Les Acmaq
tome 2

Les feux follets
de Tatamagouche

Arbres généologiques
Tome 1

❧ Domaine de Memramcook ❧

Fondé en 1703
par **Gabriel, Guillaume, Geoffroi** et **Grégoire**,
fils d'**Alor l'Ancien** et **Mulumgweg** (Marmotte)
de Port-Royal.

1. **Gabriel** m. Isabelle de Grand-Pré

   Fils: Mathias m. Nadège de Beaubassin

   Petits-enfants: Véronique, Vénérande, Vital, Victor, Vincent, Valmont, Valentin

   Fils: Médard m. Perrine de Pisiquit

   Petits-enfants: Thérèse, Tilmon, Trefflé

2. **Guillaume** m. Liliane de Chipoudie

   Fils: Rufin m. Pélagie de Cobequit

   Petits-enfants: Ursule, Ubald, Ulysse, Urbain

3. *Geoffroi* m. Judith de Pisiquit

   Fils: Pierrot m. Obéline de Grand Pré
   Petits-enfants: Sara, Silvère, Simon, Samuel, Sifroi

4. *Grégoire*

❧ Ancien Domaine de Chipoudie ❧

Fondé en 1698
par **Eli l'Ancien** et **Apigjilu** (Mouffette)
de Port-Royal

Enfants : Liliane, Ludivine, Livain, Louis, Laurent

Glossaire

Aboiteau: Digue munie de vannes qui se ferment quand la mer monte et qui laissent s'écouler l'eau des marais quand la mer baisse.

Abric: Abri.

Achaler: Déranger, importuner, embêter.

Amarrer: Attacher avec une corde, une ficelle.

Assaper: Calmer, faire taire quelqu'un, notamment avec des réparties justes.

Astheure: Contraction de «à cette heure» signifiant «maintenant».

Attique: Étage placé au sommet d'une construction, et de proportions moindres que l'étage inférieur.

Bailler: Donner.

Barre du jour: L'aube

Bâsir: Aller, partir, disparaître, souvent de manière subite. Au sens figuré, mourir.

Bécosse: Toilettes extérieures.

Bedas: Personne injuste ou méchante.

Ben: Bien

Bénaise : Déformation de «bien à l'aise» signifiant «content».

Bedou : Personne qui a un gros ventre, qui est bedonnante.

Bines : Fêves au lard.

Besson : Jumeau.

Bouchure : Clôture.

Brayon : Torchon, guenille servant à nettoyer le plancher, les meubles, la vaisselle.

Caboche : Tête.

Catin : Poupée.

Chasseux : Chasseur.

Chiac : Variété populaire du français acadien parlé surtout dans le sud-est du Nouveau-Brunswick, caractérisé par l'emploi d'éléments empruntés à l'anglais.

Comprenure : Entendement, intelligence.

Écornifler : Épier, surveiller avec indiscrétion.

Élan : Laps de temps. S'emploie au féminin.

** :** Envelopper, couvrir.

Émoyer (s') : S'informer, se renseigner, épier.

Émoyeux : Personne qui s'informe ou qui se renseigne ou qui épie.

Empremier : Au commencement, les premiers temps.

Estropier : Priver l'usage d'un membre par une

blessure.

Ferrée : Pelle mince utilisée pour bâtir une levée.

Franglais : Emploi, usage de la langue française où l'influence anglaise est évidente.

Haler : Tirer sur quelqu'un ou quelque chose, remorquer.

Hardes : Vêtements pauvres et usagés.

Hucher : Appeler en criant, en sifflant.

Garrocher : Lancer. « Se garrocher, » se précipiter.

Goule : Bouche.

Grou, grousse : Gros, grosse.

Grafignure : Égratignure.

Icitte : Ici.

Jarnigouenne : Le bon jugement d'une personne.

Jongler : Réfléchir, penser.

Madouesse : Épellation française du mot mi'kmaq et malécite pour porc-épic.

Maigrace : Maigrelet, très maigre et de chétive apparence.

Montain : Montagne.

Nonante : Quatre-vingt-dix.

Nyctalope : Personne ou animal capable de distinguer les objets sous une faible lumière ou pendant la nuit.

Ostiner : Argumenter, chicaner ou se chicaner.

Passe-pierre : Plantain maritime, herbe salée consommée comme un légume bouilli.

Pers (yeux) : Bleu-vert.

Picasse : Personne désagréable, déplaisante.

Poudre d'atchoum : Expression inventée qui veut dire poudre qui fait éternuer.

Poulamon : Petite morue, terme acadien adapté de la langue mi'kmaq.

Regricher (se) : S'insurger, se rebeller, refuser d'obéir.

Revoyure (À la) : Au revoir.

Septante : Soixante-dix.

Temps me dure (le) : Le temps est long à attendre quelqu'un, quelque chose ou avoir hâte.

Tétines de souris : Salicorne d'Europe, herbe verte comestible des marais salants pouvant être apprêtée, sautée ou bouillie.

Travelage : Des voyages ou du va-et-vient, dans le parler populaire.

Traveler : Se promener, voyager en vieux français.

Trépasser : Décéder, mourir.

Yinque : Déformation de « rien que ».

Zirable : Répugnant, dégoûtant (en parlant de quelqu'un ou de quelque chose).

Zire : « Faire zire », provoquer le dégoût.

Zireux : Qui montre du dégoût, de la répugnance.

Les aboiteaux acadiens

Parmi les premiers colons en Amérique venus de la France, il y avait des hommes qui connaissaient les systèmes d'assèchement des marais du Poitou et des marais salants de La Rochelle. Ces colons partagèrent leurs connaissances et développèrent un système ingénieux d'aboiteaux et de digues pour assécher les marais de l'Acadie. C'est pourquoi on appelle les Acadiens d'avant la déportation de 1755, «les défricheurs d'eau.»[1]

Même si c'était très laborieux, drainer les marais pour en faire des terres cultivables prenait moins de temps que déboiser et défricher les forêts, comme on faisait ailleurs en Amérique du Nord. Les sols gras depuis toujours inondés par les marées hautes et riches en nutriments de la baie Française (baie de Fundy) furent dessalés à la longue. Ces terres agricoles devinrent parmi les plus fertiles en Amérique du Nord au 17e siècle jusqu'à nos jours.

L'aboiteau et sa valeur symbolique

« Le terme aboiteau est devenu synonyme du peuple acadien, tellement cette technologie est intimement liée à la naissance et à l'évolution de celui-ci, aux XVIIe et XVIIIe siècles. Depuis la Déportation acadienne des années 1750, cette pratique agricole a été maintenue dans certaines régions acadiennes. Les aboiteaux ont cependant acquis une valeur symbolique pour la communauté acadienne qui continue d'en cultiver et d'en perpétuer la mémoire. Pendant toute la période coloniale, les Acadiens furent les seuls à cultiver, de façon aussi importante, des terres situées sous le niveau de la mer en Amérique du Nord. La fécondité exceptionnelle de ces terres a été à la base de la prospérité de la communauté acadienne avant 1755. De plus, ces réalisations d'envergure étaient des projets communautaires, ce qui les différencie de projets semblables entrepris ailleurs dans le monde. Ces corvées communautaires ont contribué à forger l'identité acadienne. »[2]

---

1. Jean-Claude Dupont, « Les défricheurs d'eau », dans *Culture vivante* XXVII, décembre 1972, pages 6-9.

2. Ronnie-Gilles LeBlanc, *Encyclopédie du patrimoine culturel de l'Amérique française,* Parcs Canada: Halifax, N.-E., 2011.

Schéma d'un aboiteau

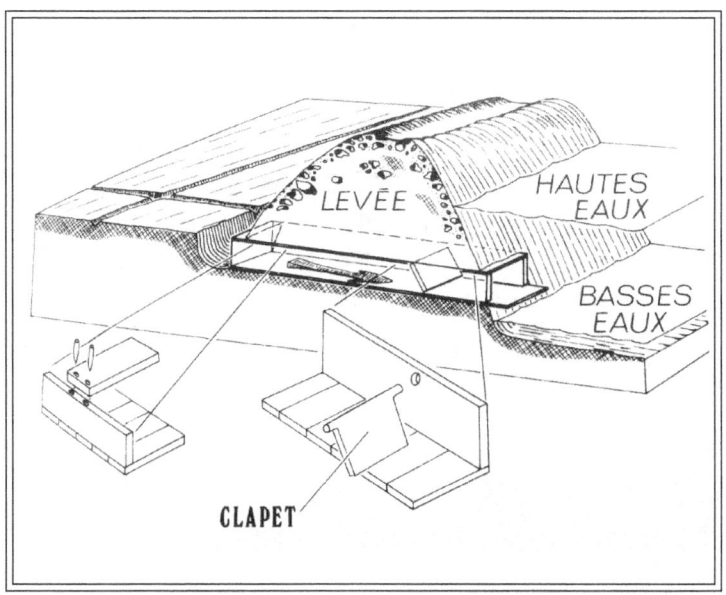

LEVÉE

HAUTES EAUX

BASSES EAUX

CLAPET

À marée basse, l'eau des marais sortait par les clapets ouverts des aboiteaux de bois logés dans les digues (ou levées) et elle coulait dans les canaux et ruisseaux vers les rivières menant à la mer. À marée haute, les clapets des aboiteaux fermaient, empêchant ainsi l'eau salée de pénétrer les marais asséchés.

Source :
Samuel Arseneault, Structure du clapet, *Atlas de l'Acadie*, Éditions d'Acadie, 1976, planche sur l'aboiteau no 15.

Tableau de la page précédente : *Repairing a Dyke* (c. 1720). Tableau peint par Azor Vienneau en 1981. Gracieuseté du Musée de la Nouvelle-Écosse, Collection historique, Halifax, N.-É., Canada.

Marie Thibodeau et le Grand Dérangement

En reconstituant des familles pour le *Dictionnaire généalogique des familles acadiennes*, Stephen A. White constata qu'en 1755, un peu plus de la moitié des 14,000 habitants de l'Acadie avait seize ans ou moins! M. White travaille toujours au Centre d'études acadiennes Anselme-Chiasson de l'Université de Moncton. Il avoue que les tragédies subies par les nombreux enfants pendant le Grand Dérangement le hantent toujours. Afin que ces jeunes ne tombent pas dans l'oubli, M. White m'a confié des textes basés sur ses reconstitutions biographiques. Je les ai transformées en courts récits, un pour chaque tome de la série *Les Acmaq*.

Voici donc un aperçu de la vie de Marie Thibodeau, née à Memramcook en 1748, ses parents Joseph Thibodeau et Anne-Marie Savoie ayant quitté Port-Royal (Annapolis Royal, N.-E.), pendant l'occupation britannique.

En 1755, les soldats anglais prirent possession du Fort Beauséjour (Aulac, N.-B.) et y convoquèrent les Acadiens de la région sous prétexte de confirmer la tenure de leurs terres. Joseph, le père de Marie Thibodeau de Memramcook puis les oncles de la fille, Michel Thibodeau et Pierre Martin de Chipoudie, Alexandre Broussard ainsi que son fils Victor, les deux de Petitcodiac, se rendirent tous au fort. Mais ce ne fut qu'une ruse des Anglais pour les déporter vers les Treize Colonies britanniques (États-Unis). Les hommes de la famille de Marie furent transportés aux Carolines d'où ils s'évadèrent. En suivant les rivières Santee, Tennessee et Ohio, ils se rendirent au Fort Duquesne où ils ont obtenu de l'aide pour se rendre à la ville de Québec.

Après la déportation de son père, Marie et sa famille fuirent à l'Île-Saint-Jean (Île-du-Prince-Édouard). Pendant ce voyage très ardu, la mère de Marie donna naissance à un fils, Joseph, et elle décéda. Le petit Joseph mourut à son tour en arrivant à Port-Lajoie (Charlottetown). Ensuite, Marie, sa sœur Élisabeth, leur petit frère David, et leur parenté se rendirent en navire à Québec. Là, ils ont eu la grande joie de retrouver leur père Joseph! Malheureusement, un an plus tard, Joseph et le petit David furent parmi les 315 Acadiens qui, en cinq mois, moururent d'une épidémie de variole, une maladie inconnue en Acadie.

Donc en 1757, Marie, 9 ans, et sa grande sœur Élisabeth, 15 ans, devinrent orphelines. Cependant, leur oncle Pierre Savoie et son épouse Anne-Félicité Lord, originaires de Chipoudie, eux-mêmes ayant perdu leur fils, adoptèrent leurs deux nièces. Peu après la prise de Québec par les soldats anglais en 1759, Anne-Félicité donna naissance à une fille qui décéda à trois semaines. Ne s'étant jamais remise du chagrin, Anne-Félicité mourut l'année suivante.

Élisabeth épousa Théodore Breau, et donna naissance à six enfants, mais trois décédèrent au berceau. Elle mourut assez jeune en 1773. Marie épousa Nicolas Dehoux et ils eurent neuf enfants, mais deux moururent en bas âge. Marie vécut bien plus longtemps que sa sœur. L'annonce de son décès à l'âge de 75 ans parut dans *La Gazette de Québec* en 1823.

Table des matières

www.ingramcontent.com/pod-product-compliance
Lightning Source LLC
Chambersburg PA
CBHW070824180626
46818CB00001B/387